코케인

코케인

진연주
장편소설

문학동네

이 책이 모든 사랑에 관한 은유로 읽히기를 바란다.

차례

코케인 | 009

趏드

그곳에서 그는 굴드라고 불렸다. 그가 언제부터 왜 굴드라는 이름을 갖게 됐는지는 아무도 몰랐다. 그는 피아노를 연주하지 못했고 피아노 소리를 좋아하지도 않았다. 글렌 굴드에 대해 잘 아는 것도 아니었고 그에 관한 이야기를 입 밖으로 꺼낸 적도 없었다. 닮지도 않았을뿐더러 기행을 일삼는 짓은 그로서는 상상할 수 없는 일이었다. 그런데도 그를 굴드라고 부르는 데는 그만한 이유가 있을 것이었다. 그는 곰곰이 생각했고 결국 그 이유를 한자에서 찾아냈다. 趏, 별안간 달아날 '굴'과 한자에는 없는 글자인 '드'에서 말이다. 굴드, 당신 또 사라졌더군요. 굴드, 지난번에는 술이 어지간히 됐었던가봅니다. 굴드, 짜증나는 일이 있었던 겁니까? 굴드, 무료할 때마다 사라지는 버릇은 여전하군요. 사람들의 말을 종합해보면 그는 술이 어지간히 됐거나 짜증이 났거나 무료할 때마다 달아나서 그 자리에 없는 사람이었다. 말 그대로 썐드인 것이다. 그러나 사람들이 그를 부르기 위해 없는 글자까지 찾아내는 수고를 했을 리는 만무하다. 사실을 말하자면 사람들이 그를 굴드라고 부르는 데 어떤 이유가 있지는 않았다. 어쩌면 굴드는 글렌 굴드와 전혀 무관한, 무의미하기까지 한 이름일 수도 있다. 굴드라고 불리든 다른 어떤 이름으로 불리든 그는 그곳에 있는 것을 좋아했다. 매번 좋아했던 것은 아니지만 대체로는 그랬다. 그곳의 전체적인 인상이 냉소적이고 오만하고 무엇보다 권태로웠기 때문이다.

잠의 상상

  알람이 울렸다. 세시였다. 굴드는 열한시에서부터 두 시간 간격
으로 알람을 설정해놓았다. 첫번째 알람이 울리면 굴드는 잠자리
에 들었다. 한숨과 뒤치는 소리가 한동안 이어지다가 잠잠해지면
두번째 알람이 울렸다. 굴드는 알람을 죽이고 다시 잠자리를 가다
듬었다. 짜증과 탄식이 곳곳에 스며드는 단발적인 잠이 이어지고
끊어지며 마지막 알람이 울릴 때까지 계속됐다. 사람들은 물었다.
일어날 시간에 한 번만 맞춰놓으면 도중에 깨는 일은 없을 것 아
닙니까? 그럴 때마다 굴드는 이렇게 대답했다. 중간중간 깨어나는
게 잠을 자는 데 도움이 됩니다. 아무도 이해하지 못했으나 아무도
더이상 묻지 않았다.
  굴드의 잠을 방해할 만한 요소는 아무것도 없었다. 지하방으로
는 빛이나 소리도 새어들지 않았고 근심이나 열망도 부재했다. 당

도해야 할 잠만이 굴드가 가진 것의 전부였으나 굴드는 잠드는 게 어려웠다. 굴드는 자는 것도 아니고 깨어 있는 것도 아닌, 그러니까 반수면 상태에서 일상의 사소한 것들, 사람들이 인지하지 못하는 가운데 사람들의 일상을 지배하는 것들에 대해 상상했다. 빛, 바람, 물, 흙, 공기, 손길, 입김, 마주보는 것, 마주 닿는 것, 같은 것들 말이다.

이를테면 이런 것이다. 무엇인가에 올라탄 채 끝도 없이 이어지는 굽이를 돈다. 무빙워크라도 좋고 컨베이어벨트라도 상관없다. 몸을 쓰지 않고 이끌려갈 수 있는 것이라면 무엇이라도 좋다. 그러고는 관절과 근육이 아무런 의지도 갖지 못하도록 최대한 몸에 힘을 뺀 후 눈에 들어온 풍경을 눈 밖으로 흘린다. 산등성이가 지나가고 숲이 지나가고 새가 지나가고 빌딩이 지나가고 수레가 지나가고 책무덤이 지나가고 햇빛이 지나가고 모두 다 지나가서 없고. 그런데 어두운 곳에 누워 끝도 없는 굽이를 돌며 풍경을 바라보는 것에는 한계가 있었다. 점차 속이 메스꺼워지고 달팽이관이 팽팽 돌고 침이 고이고 구토가 치민다. 그럴 때마다 굴드는 그런 증상들이 끝없이 펼쳐진 굽이를 흔들리며 가기 때문이 아니라 흔들리며 가는 것이 자기 혼자뿐이기 때문은 아닐까 생각했다. 어떤, 텅 빈 공간에서 사람들의 부재는 원근감의 상실로 이어질 수도 있으니까. 내가 어디쯤에 위치하고 있는지 자각하게 만드는 것은 타인이란 존재들이니까. 그러니까 사람들의 부재가 원근감을 사라지게 하고 원근감이 사라진 곳에서 나는 내가 어디에 위치하고 있는지 모르게 되고 내가 어디에 있는지 모르니까 세상이 흔들리고 멀미가 나고. 굴드는 이런 쓸데없는 생각들을 하며 잠 없는 밤을 채워나갔다.

굴드가 가장 많이 떠올리는 것은 범선이었다. 어둠이 자신을 빨아들이고 잡아당길 때마다 굴드는 범선을 떠올렸다. 그것은 모래사장에, 모래사장은 푸른빛이 짙어 검게까지 느껴지는 바다에서 이제 막 떨어져나온 것처럼 젖어 있었는데, 버려진 듯 놓여 있었다. 선미의 반쯤이 모래에 파묻혀 침몰한 채로 여전히 침몰하며. 모래가 거대한 집게발을 펼쳐 범선을 거머쥔 채 서서히 잡아당기면 범선은 자신의 의지가 아니라 모래의 의지인 것처럼 모른 척하고 모래 속으로 몸을 밀어넣었다. 안간힘을 쓰며 빠져나오려던 시도는 포기하고 빠져들어가는 것이 제 삶인 줄 착각하면서 침몰했다. 그것은 형체 없이 느리기만 한, 무한하기만 한 무기력처럼 보였다. 모래는 범선의 과녁이었으나 과녁치고는 두려움이 없었고 범선은 과녁을 향해 가고 있었으나 언제 돌진해야 할지 모르는 것 같았다. 잡아당기고 사로잡히는 그 둘의 이끌림이 굴드는 어쩐지 마음에 들었다. 멀리 수평선 위로는 죽어가는 범선과 닮은, 그것보다는 작아 보이는 배 몇 척이, 달린다기보다는 기어가는 것처럼 느릿느릿 움직였다. 소금기를 머금어서 군데군데 희끗희끗해진, 이제는 늙어서, 늙은 채로 침몰중인 범선과는 다르게 그것들은, 목적이 있는지는 모르겠지만, 어딘가를 향해 가고 있었다. 하지만 굴드는 살아 있는 배가 아니라 죽어가는 범선에 매혹되었다. 버려진, 버려진 채로 부지런히 침몰중인 범선에. 파도치는 바다가 아니라 모래를 향해 곤두박질치는 범선에. 범선은 한 몸으로 두 개의 세계를 살고 두 개의 세계에서 죽어가는 존재였다.

굴드는 다른 것들도 떠올려보려고 애썼다. 이를테면 사랑이나 질투, 행복 같은 것들 말이다. 하지만 그런 것들은 모두 형체가 없었고 굴드가 감지할 수 없는 영역에 속해 있었다. 아주 오래전 만나본 적이 있다 하더라도 그것들은 모두 형태를 갖추기 전에 흩어져버렸다. 인간의 상상이란 것 역시 불가피하게 자신의 경험을 토대로만 형성되는 것인지도 몰랐다. 처음부터 자신에게 속하지 않은 것들을 자신의 것이었던 것처럼 떠올리려 하자 몹시 피곤해졌다. 반쯤은 잠에 들고 반쯤은 깨어 있는 상태가 지속됐고 가수면 상태에서 때로 울음소리를 듣기도 했다. 굳게 물린 잇새에서 가까스로 비어져나오는 것처럼 가닥가닥 끊기며 이어지는 울음. 굴드는 울음소리가 잠으로 스며들어올 때마다 그것을 이끌고 더 깊은, 더 고요한 바닥으로 도달하기를 바랐다.

비상 또는 이상

　겨울이 가고 있었다. 공기의 기운이 달랐다. 살갗에 와닿는 냉기가 조금 더 선량해졌고 공기의 흐름도 완만해졌다. 사물들이 발산하는 기운으로 대기가 활력을 띠며 움직이기 시작한 것이다. 굴드는 어두운 방에 누워 자지러질 때까지 기지개를 켰다. 팔다리는 물론이고 손끝 발끝 하다못해 엉덩이까지 힘껏 조이고 뻗었다. 근육과 뼈들이 부드러워졌고 뇌도 헐거워지는 듯했다. 온몸으로 생기가 들어찼다. 겨우내 있는 힘을 다해 죽어 있었다고 생각했는데 죽은 몸에도 봄은 어김없이 찾아왔다. 생의 의지나 불타오르는 전의를 떨구고 간 것은 아니었으나 그것은 오랜 절망에서 깨어난 듯한 상쾌함을 느끼게 해주었다. 그리고 그것은 새떼가 비상하는 모습만큼이나 경이로웠다.
　새들은 햇빛이 내려앉은 날개를 털며 힘껏 솟구쳤고 새들이 날아오를 때마다 눈부신 빛이 눈발처럼 지상으로 흩날렸다. 그들은 관목숲이나 덤불숲에 숨어 있다가 어느 순간 숲을 제치고 느닷없이 날아올랐다. 그러고는 낏, 낏, 낏, 예리한 소리를 내며 한바탕 파도가 치는 것처럼 하늘을 휘젓다가 다시 관목숲이나 덤불숲에 내려앉았다.

굴드는 그것이 겨울철새이며 우리나라에서 겨울을 지냈으니 이제 곧 시베리아나 사할린 쪽으로 날아갈 것이라고 생각했다. 그러고는 입속으로 시베리아, 사할린, 하고 말해보았다. 입안 가득 찬 기운이 서렸다. 어떤 단어들은 제 몸속에 이미 자신의 비밀을 숨기고 있는 것 같았다. 쓰고 보고 이해하는 것이 아니라 그리고 음미하고 가슴으로 느껴야 하는 것들, 그 자체가 의미를 생성하고 소통을 내포하고 있는 것들. 새초롬히, 라는 말을 들으면 눈썹을 내리깐 채 딴청을 하는 모습이 떠오르고 이지러진, 이라는 말을 들으면 자연히 그믐달을 떠올리게 되는 것처럼 말이다.

시베리아나 사할린에는 일 년 내내 눈이 그치지 않는다고 했다. 한밤 내 눈이 내려 집이 파묻히고 소리도 파묻히고 세상은 온통 하얗고 온통 고요뿐이고. 사람들은 굴뚝을 타고 올라 문밖의 눈을 치우고 사람보다 더 큰 몸집의 개는 경중경중 공중으로 뛰어오르고 눈은 내리고 눈은 내리고. 눈 위에 사람의 발자국이 찍히고 어디론가 멀리 달아나고 다시 오고. 밤새 눈이 내리고 정적은 더 깊어지고 말소리는 눈으로 인해 굴절되어 모두 속삭이는 것처럼 들리고.

그렇게 밤은 깊고 깊고. 날이 밝으면 굴뚝으로 나온 사람들이 문밖의 눈을 퍼내고.

굴드는 눈 속에 묻힌 세계를 상상하느라 지루한 줄도 몰랐다. 눈 속에 사는 사람들은 싸움도 모르고 미움도 모르고 그러니 고래고래 소리를 지를 일도 없을 것만 같았다. 굴드가 상상을 계속하는 동안 새떼는 관목숲에 숨어 굴드의 숨소리를 지켜봤다. 신선한 공기가 지루할 정도로 끝없이 펼쳐져 있었다.

냄새 때문에 굴드는 다시 정신을 차렸다. 환기가 되지 않는 지하방에 오랫동안 머문 탓에 냄새에는 어지간히 둔감해졌다고 생각했는데 무엇인가가 코를 자극했다. 굴드는 추위가 가신 탓이라고 생각했다. 추위가 가시고 햇빛이 흔해지는 계절이면 이 세계는 더 짙은 냄새를 내뿜어 아무리 후각이 둔한 사람이라 할지라도 코를 킁킁대지 않을 수 없으니까 말이다. 어디선가 퀴퀴하고 괴괴한 냄새가 지속적으로 몰려왔다. 그 냄새는 마치 살아 있는 것처럼 공간의 구석구석을 차지하며 몸집을 불려갔다. 점점 불쾌해졌고 그것의 실체를 확인할 수 없다는 것이 불안감을 몰고 왔다. 이대로 뛰쳐나가 신선한 공기를 폐 가득 채우고 햇살이 부드럽게 번지는 광장에 하릴없이 누워 있고 싶었다. 그렇게 누워 대지가 커다랗게 숨쉬는 소리를 듣다가 죽고 싶었다. 그렇게 죽는 것이 자신에게는 최선일 거라고, 굴드는 생각했다.

사내를 만난 것은 지하방에서 막 빠져나왔을 때였다. 왜 이제야 오는 게냐? 굴드는 난데없는 빛 때문에 감았던 눈을 슬며시 떴다. 빛을 등지고 한 사내가 서 있었다. 사내의 얼굴에 드리운 그늘 탓에 윤곽을 제대로 확인할 수는 없었으나 어딘가에서 마주치더라도 어딘가에서 마주쳤다는 사실조차 기억하지 못할 만큼 평범해 보였다. 바보 같으니. 따라와라. 사내는 굴드를 기다리느라 몇 시간째 발이 묶이기라도 했던 것처럼 화를 내며 문 앞에 어정쩡하게 서 있는 굴드를 지나쳐 걷기 시작했다.

굴드는 딱히 할 일도 없고 사내에 대해 아는 것도 없었으므로 그를 뒤따라 걸으며 그에 대해 상상하기로 마음먹었다. 하지만 좀체 그에 대한 인상이 그려지지 않았다. 기껏 키가 장대만하고 몸집이 큰 사람을 그려놓으면 어느 순간 잘게 허물어져 작고 왜소한 사람이 되어 있었고 빗질을 하지 않아 좌로 우로 제멋대로 뻗어나가고 엉켜 있는 머리카락을 생각해놓으면 어느새 모자 속에 들어가 모양새를 알 수 없는 것으로 바뀌어 있었다. 희멀건 눈빛을 상상했지만 눈빛 또한 금세 사라졌고 나중에는 희멀건 눈빛 같은 게 있을 리 없다는 데에까지 생각이 미쳤다. 머리가, 생각이, 질서를 찾지 못하고 우왕좌왕했다. 바보 같은 놈. 좀더 빨리 걷지 못하겠냐. 사내가 버럭 소리를 질렀다. 작은 몸에서 나온 것이라고는 믿기지 않을 만큼 우렁찼다. 굴드는 순식간에 생각에서 밀려나 현실에 던져졌다. 굴드의 눈앞에서 작고 왜소한 사내가 삿대질을 하고 있었다.

사내는 계속해서 걸었다. 굴드는 앞으로 고꾸라지려는 몸뚱이를 단단히 붙들고 흩어지려는 정신도 똑바로 잡아매고 사내를 따라갔다. 자신이 무엇을 지나치고 무엇이 자신을 지나치고 있는지 신경 쓸 겨를이 없었다. 얼마 가지 않아 사내와 굴드는 산책로로 들어섰다. 산책로는 개천을 사이에 두고 양쪽으로 나 있었는데 한쪽은 오래된 주택가와, 다른 한쪽은 신축 아파트 단지와 이어졌다. 개천은 바닥을 드러내며 간신히 흘렀고 군데군데 박힌 바위는 바싹 말라붙어 있었다. 개천의 중간중간에는 반대편 산책로로 넘어갈 수 있도록 징검다리가 놓여 있었다. 그러나 그것을 딛고 건너편으로 넘어가는 사람들은 보이지 않았다. 대신 산책로 가장자리에 설치된 운동기구에는 허리를 돌리거나 윗몸일으키기를 하거나 팔을 굽혔다 펴는 사람들로 바글거렸다. 이어폰으로 귀를 막고 각자의 음악을 들으며 경보를 하는 사람들도 자주 눈에 띄었다.

사내는 맞은편에서 다가오는 산책객을 발견하고는 걸음을 멈추었다. 굴드도 사내로부터 두어 발자국 떨어진 곳에서 걸음을 멈추었다. 산책객 옆에서 걷고 있는 커다란 개가 굴드의 시선을 사로잡았다. 골격과 근육이 다부지고 걸음걸이는 탄력 있었으며 빛을 받을 때마다 검은 털이 눈부시게 빛나는 개였다. 검은 개는 사람과 마주칠 때마다 주인 뒤로 피해 길을 열어주었다가 사람이 지나가면 다시 주인의 왼쪽에서 보폭을 맞춰 걸었다. 그러나 개의 표정은 무료하고 심드렁했다. 호기심 같은 것은 찾아볼 수 없었다. 가끔 귀를 쫑긋거리긴 했으나 그것은 일상화된 조건반사일 뿐 세상에 대한 호기심은 아니었다. 개의 몸속에 지난여름의 뜨거운 권태가 남아 흐르는 것 같았다.

롯트와일러군. 사납지만 잘만 키우면 주인에겐 더할 나위 없이 좋은 놈이지. 사내가 검은 개를 홀린 듯 바라보고 있을 때 운동복 차림의 여자가 다가와 개 앞에서 걸음을 멈추었다. 그러고는 개 주인과 몇 마디 나눈 후 개를 향해 조심스럽게 손을 뻗었다. 개는 윗이빨을 잠시 드러냈는데 개 주인이 뭐라고 하자 금세 입을 닫고 여자의 손길을 받아들였다. 개는 마지못해 제 머리를 내어준 눈치로 못마땅한 기색이 역력했으나 여자는 아예 바닥에 쪼그리고 앉아 개를 쓰다듬었다. 여자의 바지가 밑으로 당겨져 엉덩이골이 드러났다. 굴드는 그 속에 감춰진 속살과 그 속살이 숨긴 또다른 속살을 상상했다. 핑크색 운동복이 감추고 있는 탱탱한 엉덩이. 그리고 그 엉덩이에서 허리로, 어깨에서 목으로 흘러가는 부드러운 선을. 한껏 올려 묶은 머리 밑으로 드러난 뒷목이 굴드의 시선을 사로잡았다. 유난히 뽀얗고 가느다란 뒷목이. 굴드는 얼굴을 붉히며 침을 삼켰다. 바보 같은 놈. 뭘 그리 넋을 놓고 있는 게냐. 빨리 따라오지 못해. 굴드는 정신을 차리고 사내를 바라보았다. 그러나 사내는 정작 움직일 생각을 하지 않았다. 움직이지 않는 사람을 따라갈 수는 없는 노릇이었으므로 굴드는 사내가 움직일 것에 대비해 한 걸음 뒤로 물러났다. 그제야 사내가 움직였다. 사내와 굴드는 다시 걷기 시작했다. 산책로 가장자리에 무수히 펼쳐진 봄꽃들 위로 햇볕이 쏟아졌다. 꽃과 햇볕 속에서 걷고 있자니 기억에서 사라졌던 어떤 일이 떠올랐다.

옆 학교로 오르는 길섶은 꽃으로 가득차 있었다. 산수유를 선두로 철 따라 피어난 꽃들이 눈을 어지럽혔고 바람이 불 때마다 피리 소리를 내기도 했다. 그곳에 문둥이가 산다고 했다. 문둥이는 밤이면 만개한 꽃들 사이에서 무엇인가를 게걸스럽게 먹어치운다고 했다. 아이의 몸에 올라탄 채 꽃보다 활짝 펼쳐진 뱃가죽 속에서 꿈틀대는 내장을 꺼내들고 짐승처럼 웃는다고 했다. 굴드는 흥건히 젖은 베개와 이불 속에서 뒤척이는 날들이 잦아졌다. 문둥이에게 간을 파먹히면 어쩌나 하는 두려움 탓만은 아니었다. 문둥이의 물크러진 얼굴이나 그 길의 음산한 모습이나 어딘지 모르게 슬픈 구석이 있었다. 꽃 속에 파묻힌 문둥이, 붉고 푸르고 짙은 꽃 속에서 웅크리고 토막난 채 숨어사는 문둥이, 사라지는 아이들, 사라져서 다시는 돌아오지 않는 아이들.

넌 어떻게 생겨먹은 놈이 수시로 정신을 놓는 게냐? 사내가 굴드의 등짝을 후려치며 말했다. 그때 처음으로 굴드는 사내의 얼굴을 자세히 볼 수 있었는데 사내는 이전에는 한 번도 본 적이 없는 눈을, 매우 번들번들하고 초점이 없는, 그래서 쉬이 사라질 것 같은 눈빛을 갖고 있었다. 코는, 코가 있다는 말이 무색할 정도로 구멍만 간신히 뚫린 정도였고 입술 역시 거무죽죽한 선 하나가 그어져 있을 뿐이었다. 얼굴을 뒤덮고 있는 주름만은 자글자글하고 깊게 패어 있었는데 전체적으로 선과 면으로만 이루어진 듯한 인상이었다. 키도 작았고 차림새도 후줄근했다. 입고 있는 티셔츠는 목이 늘어날 대로 늘어나 있고 점퍼는 때가 꼬질꼬질한데다 다 해진 상태였다.

난쟁이 똥자루만한 놈이 어디서 수작이야? 굴드는 한껏 인상을 쓰며 고함을 쳤다. 무의식중에 튀어나온 말이었으나 하고 나니 꽤 마음에 들었고 속도 후련했다. 사내는 의외의 공격에 당황한 기색이 역력했다. 눈이 더 번질번질해졌고 평평한 얼굴에 뻥 뚫린 콧구멍이 연신 벌렁거렸다. 무언가 말을 하고 싶은 눈치였는데 차마 입밖으로 내뱉지는 못하는 것 같았다. 굴드는 허리춤에 두 손을 얹고 근육을 잡아당겨 몸을 폈다.

바보 같은 놈, 뭘 쳐다보고 있어? 저리 가지 못해! 굴드는 아까보다 더 큰 목소리로, 사람들이 쳐다볼까봐 신경이 쓰였으나 이왕이면 한 명이라도 더 많은 사람들이 쳐다봤으면 하는 바람으로 고함을 질렀다. 사내는 한발 물러서더니 또 한발을 뒤로 디뎠고 그러고는 몸을 돌려 달아났다. 가급적 아무렇지도 않은 척 천천히 걸으려는 눈치였으나 걸음은 점점 빨라져서 굴드가 한마디 더 해주려고 입을 벌리는 사이 자취를 감추고 말았다.

속이 시원한 한편으로 아쉬웠다. 이상하게 만나고 이상한 기운에 이끌려 따라나섰던 것처럼 사내의 길 끝에는 무언가 이상하고 야릇한 일이 숨어 있을 것만 같았다. 그것은 사라진 아이들일 수도 있고 침몰하는 범선일 수도 있었다. 그것도 아니라면 우는 문둥이일 수도. 그것이 무엇이더라도 지금보다는 나은, 조금은 재미있는 사건이었을 것이라는 생각이 지워지지 않았다.

인상

그곳의 어둠에 익숙해지기 위해서는 문을 연 후 짧은 순간 멈춰서서 홍채를 확장시켜야 했다. 홍채가 제 크기를 찾아간 후 가장 먼저 눈에 들어오는 것은 전면에 있는 커다랗고 두툼한 나무 탁자와 아무렇게나 던져놓은 듯 무질서하게 놓여 있는 대여섯 개의 테이블이다. 전면의 탁자는 창가로부터 공간을 횡으로 가르며 길게 놓여 있었는데 창가와 맞닿은 쪽에는 오래된 컴퓨터가, 그 옆에 니은 자로 잇댄 보조 탁자 위에는 턴테이블과 시디플레이어가 놓여 있었다. 그 탁자 너머에 의자를 놓아 사람들이 앉을 수 있는 공간을 두고 벽면을 가득 메운 엘피판과 시디가 보였다. 주인장은 창가 쪽에서 출입구가 마주 보이도록 앉아 컴퓨터로 바둑을 두거나 영화를 보거나 음악 사이트를 이용해 선곡해둔 음악을 틀고는 했다. 그러다 어쩌다, 마음이 갈피를 잃을 때만 엘피나 시디를 틀었다.

주인장이 어느 때 마음의 갈피를 잃는지 굴드는 알지 못했고 묻지도 않았는데 막귀임에도 그런 날은 괜히 횡재한 기분이 들었다. 왼쪽 벽면 전체에 길게 나 있는 창은 항상 열려 있고 열린 창 너머로는 이팝나무가 보였다. 주인장 말에 의하면 이층 창으로 보이는 이팝나무 때문에 이곳에 바가 들어설 수 있었다. 벽 곳곳에는 빵처럼 부푼 얼굴을 한 여자아이의, 머리에 리본을 달거나 스트로로 초록색 음료를 빨거나 멍청이같이 웃거나 머리를 갸웃하는, 그러니까 대체로 우스꽝스러운 모습을 하고 있는 여자아이의 얼굴이 액자에 걸려 있었다. 어떤 화가의 작품이라고 했는데 주인장이 몇 번이나 이름을 말해주었지만 굴드는 번번이 잊었다. 아무튼 화가는 마땅한 전시장을 찾을 수 없어 그곳을 전시장으로 이용했는데 몇 달째 그림을 가져가지 않고 있었다. 마땅한 전시장을 찾을 수 없었든 그림을 보관할 장소가 없었든, 어쨌거나 그림이 그곳의 전체적인 인상을 망가뜨렸다. 예전에는 짐 모리슨과 오지 오스본과 데이비드 길모어와 커트 와일드의 사진이 그 자리를 차지하고 있었다. 그때가 좋았다. 굴드가 그곳에서 가장 마음에 들어하는 것은 음악이었다. 정확하게는 그 크기. 언제나 커서 말의 소리를 적절히 차단하는 음악의 소리.

굴드가 문을 열고 들어섰다. 주춤거리는 사이 어둠에 익숙해진 눈 안으로 바의 내부 전경이 들어왔다. 주인장이 천천히 고개를 들어 눈인사를 하는 모습도 눈에 들어왔다. 곧이어 주인장은 고개를 들 때처럼 느린 속도로 눈길을 거둬 다시 하던 일에 열중했다. 굴드는 주인장의 속도를 떠올리며 천천히 걸어가 탁자를 사이에 두고 그와 대각선을 그으며 마주앉았다. 오늘도 틀렸군. 굴드는 자리에 앉기 전 냉장고에서 버니니를 꺼내오지 않았다는 것을 떠올렸다. 어김없이, 늘, 잊어버리는 상황이 굴드에게는 어김없이, 늘, 유감스러웠다. 버니니를 마실 때마다 이안의 말이 떠올라 수치를 느끼는 것도 유감스러웠다. 버니니는 맥주가 아니라 스파클링 와인입니다. 이안은 이렇게 말하고는 입꼬리를 올리며 웃었다. 저는 달달한 맥주가 좋습니다. 늘 버니니만 마시느냐는 질문에 굴드가 막대답하고 난 뒤였다. 이안은 언제나 사람들의 잘못을 지적했고 자신이 알고 있는 것들에 대해 과하다 싶을 정도로 거침없이 수다를 떨었다. 목소리도 우렁우렁해서 이안이 수다를 떨 때마다 굴드는 머릿속으로 전투기가 지나가는 느낌을 받았다. 다른 사람들도 다르지 않은지 이안의 수다를 달가워하는 사람은 아무도 없었다. 그렇다고 이안의 입을 닥치게 하는 사람이 있는 것도 아니었다.

굴드는 냉장고 쪽으로 가려고 몸을 일으키며 미간을 찌푸렸다. 오늘 처음으로 이곳을 찾는 자가 이안일 것 같은 예감이 들었다. 굴드, 당신이 먼저 와 있었군요. 예감은 적중했다. 버니니를 꺼내려고 막 냉장고를 열려 할 때 이안이 안으로 들어서며 마치 서로 약속이라도 되어 있었다는 듯이 말했다. 주인장과 굴드가 동시에 눈인사를 했다. 당신은 오늘도 스파클링 와인입니까? 변함없이 변화가 없어서 좋군요. 굴드 저 친구의 일관성이 저는 마음에 든다니까요? 이안이 굴드와 주인장을 번갈아 쳐다보며 말했다. 이안의 말에 주인장은 고개를 들지도 않고 씽긋 웃었다. 이안이 성큼성큼 냉장고 쪽으로 걸어왔다. 굴드는 냉장고에서 한 걸음 물러서서 이안이 맥주를 고를 때까지 기다렸다. 전작이 있었는지 이안에게서 좋다고는 할 수 없는 냄새가 풍겨왔다. 입을 열 때마다 술냄새와 누린내가 섞인 메스꺼운 공기가 실내로 서서히 번져나갔다. 굴드는 인상을 찡그렸다. 하하, 양고기요 양고기. 오늘은 양을 잡았습니다. 이안은 굴드 쪽으로 등을 돌리고 서 있으면서도 굴드의 표정을 읽은 것처럼 말했다. 그러셨군요. 굴드는 대충 맞장구를 쳐주었다. 이안이 벡스다크를 골라들고 주인장 바로 옆자리에 앉았다.

블루스 타임입니까? 이안이 주인장을 쳐다보며 말했다. T-Bone Walker의 〈Call It Stormy Monday〉가 실내를 가득 메우고 있었다. 끈끈하고 노골적이고 질박한 어떤 감정이 살갗에 달라붙는 느낌이었다. 주인장은 이번에도 고개를 들지 않고 씽긋 웃었다. 이곡은 수많은 뮤지션들이 재해석해서 연주했을 만큼 인기를 끌었죠. 저는 개인적으로 Gary Moore와 Albert King이 90년인가, Hammersmith Odeon에서 공연한 라이브 앨범이 제일 좋습니다. 아, 게리 무어 기타 죽였는데. 물론 알버트의 연주도 좋았습니다. 게리의 연주가 날카롭게 내리꽂는 식이었다면 알버트의 연주는 투박하지만 아주 익살스러웠다고나 할까요. 자신이 입고 있던 흰 저고리로 게리가 기타 치는 모습을 가릴 땐 저절로 웃음이 터지더란 말입니다. 게리의 기타 실력에 질투가 난 것처럼 보였겠군요. 잠자코 듣고 있던 굴드가 한마디 거들었다. 네, 알버트 킹이 의도한 게 바로 그거였습니다. 굴드, 당신은 가끔 상황을 매우 날카롭게 분석해서 나를 놀라게 하는군요. 이안은 정말 놀랐다는 듯이 눈을 둥그렇게 뜨고 말했다. 하지만 날카롭고 영민한 분석가가 아니더라도 그 정도는 누구나 생각할 수 있었다. 눈에 보이는 것을 말로 옮긴 것뿐이니까.

그런데 이상하지. 굴드는 생각했다. 굴드가 글을 쓸 때 가장 어려워하는 점 중의 하나가 눈에 보이는 것을 말로 옮기는 것이었다. 이를테면 수면에 빛이 잘게 부서지며 빛날 때, 굴드는 그것을 어떤 말로 표현해야 할지 몰랐다. 물고기 비늘 같다는 표현도, 설탕 알갱이 같다는 표현도, 반딧불이가 반짝인다거나 물에 별이 빠져 있다는 표현도 이미 누군가가 써먹었다는 것, 그래서 그 무엇으로도 새로울 게 없고 모든 것은 표절에 불과하다는 것. 그러한 좌절감이 굴드를 사로잡았던 것이다. 그럴 때마다 굴드는 사물이 굴드 자신의 몸속으로 들어와 사물 자신의 생각을 하고, 굴드 자신은 사물의 사유를 그대로 옮겨적는 필경사이기를, 그러니까 자신의 몸은 사물의 의식을 대신하는 창고이기를 간절히 바랐다. 그리고 그 모든 것이 찰나에 일어나 사유의 시간은 사라지고 감각과 언어만 남게 되기를 바랐다. 그것이 가능했다면 여자와 헤어지는 일도 없었을까. 몇번째 여자였는지 모르겠네. 아마 모든 여자들이었겠지. 여자들은 늘 자신을 어떻게 생각하는지 물었다. 나 어떻게 생각해? 나 어떤 사람이야? 당신에게 난 뭐야? 표현은 달랐지만 의미는 같았다. 그리고 어떤 말로도 여자들을 만족시키기란 불가능했고 여자들은 어떤 지점에서 늘 화를 냈다. 그 여자도 그랬다. 몇번째 여자였는지 모르겠네. 아무래도 상관없는 여자였겠지.

그리고 보니 너 파충류 같아. 둘 다 노트북에 머리를 처박고 있을 때라 굴드의 말은 더욱 뜬금없게 들렸다. 응? 어떤 의미에서? 글쎄, 뭐라고 딱 꼬집어 말할 순 없는데 어떤 원형이랄까? 징그럽고 사악해? 굴드는 손사래를 쳤다. 아니, 그게 아니고. 아니긴 뭐가 아냐. 원형이라면 뻔한 거잖아. 아니, 그런 건 정말 아니라니까. 그럼 뭔데, 정확하게 말해줘. 말로 표현하기가 좀 어려워서 그래. 이미지는 떠오르는데 적절한 말을 찾기가 힘들어. 굴드는 다시 노트북으로 시선을 옮겼다. 이미지가 떠오르면 그 이미지를 그대로 말로 옮기면 되잖아. 말로 설명할 수 있는 이미지가 아니라니까. 아무튼 좀 독특해. 독특하긴 뭐가 독특해. 파충류에서 상상할 수 있는 게 얼마나 된다고. 뭐랄까, 아주 태곳적부터 존재했던, 그러니까 고생대 중생대 다 지나온 듯한. 굴드는 난감해져서 미간을 찌푸렸다. 뭐야, 신산해 보인다는 거야? 아니면 고리타분하고 지긋지긋해? 그게 아니란 거 잘 알면서 왜 그렇게 말하니? 너도 어느 정도는 짐작하고 있을 거 아냐. 짐작하고 있음 내가 자기한테 왜 물어보겠어? 암튼 난 정말 모호한 거 딱 질색이야. 너 최근 들어 구체적인 거, 정확한 거, 이런 거에 집착하는 거 알아? 알아, 그런데 그게 나와 관련된 얘기일 때에만 국한되는 거 자긴 알아? 내가 나를 규정할 수 없으니까 타인에게서 객관화된 나를 보려는 거, 그거 알아? 응, 대충 알겠어. 굴드는 이런 식의 이야기가 지루해지기 시작했다. 자신도 모르는 사이에 목소리에 짜증이 묻어났다. 하지만 어떤 식으로든 이야기를 마무리짓고 싶었다. 그러니까 굳이 말로 표현하자면 말이야. 상상해봐. 사막에, 그러니까 뜨거운 볕을 받으면서 도마뱀 한 마리가 기어가는 거야. 머리를 꼿꼿이 세우고, 몸에 맺히는 이슬을 받아 볕을 견디면서, 이 정도면 대충 어떤 건지 알겠니? 몰라. 모르지만 됐어. 알고 싶지 않아졌어. 여자는 그렇게 말하고는 노트북 자판에 손을 얹었다. 그냥 뱀이라고 할 걸 그랬나, 굴드는 생각했다. 뱀이라면 둘러대기가 조금은 수월했을 것이다. 수풀 속에서 고요하게 움직이는 짐승. 몸속에 꽃을 감추고 있는 짐승. 끊이지 않는 몸통을 지니고 있는 짐승. 고요로 상대의 경계를 풀고 그런 만큼 더 위협적인 짐승. 예측할 수 없는 순간에 발뒤꿈치를 물고 사라지는 짐승. 온몸으로 독이 퍼지고 퍼지고. 눈빛은 흐려지고. 세상의 경계가 풀리고. 온몸에 힘도 풀리고. 관능적이고 신비하고 치명적이라고 했다면 여자는 만족했을까. 사람은 물론이고 사물이나 현상 역시 자신에게 가장 적합한, 자신의 마음에 가장

흡족한, 자신을 가장 잘 드러낸다고 여겨지는 언어가 있을 텐데.

안녕들 하십니까. 어이 굴드, 오랜만이군요. 굴드가 생각에 생각을 거듭하고 있을 때 페터가 거구를 이끌고 들어섰다. 쩌렁쩌렁한 목소리는 여전했고 몸집은 예전보다 더 불어난 듯 보였다. 얼굴도 기름기로 번질거렸다. 굴드는 페터가 최근 다이어트를 시작했고 재미를 붙인 후로는 깨어 있는 시간의 반 이상을 운동에 매달린다는 이야기를 떠올리며 폭이 좁은 네이비 팬츠에 흰색 셔츠를 받쳐 입은 페터의 옷차림에 시선을 주었다가 페터의 허리를 죄고 있는 벨트를 보고는 얼른 눈을 뗐다. 벨트에 박힌 펜디 로고와 한눈으로도 톰브라운 셔츠인 것을 알아보게 만드는 삼색 줄무늬가 굴드의 눈을 피로하게 만들었다. 페터는 한 손으로 굴드의 어깨를 짚고 다른 한 손으로 이안에게 악수를 청하며 굴드와 의자 하나를 사이에 두고 나란히 앉았다. 지난번에 키핑해놓은 것 아직 남았습니까? 페터가 주인장을 쳐다보며 말했다. 주인장은 고개를 몇 번 주억거리더니 천천히 일어나 주방으로 갔다. 그러고는 반쯤 남은 발렌타인 이십일 년산과 잔 하나를 들고 돌아왔다. 얼음 필요해요? 아니, 됐습니다. 오늘은 스트레이트로 마실 작정입니다. 속에서 불이 나서 말이지요. 페터는 발렌타인을 한 잔 따라 들이켠 후 빈 잔을 탁자 위에 소리나게 내려놓았다. 팔레스타인에서 사람이 죽어간다는군요. 아이들이 그야말로 죽어나간답니다. 이스라엘 폭격 말입니까? 놀이터며 학교며 해변 할 것 없이 무차별 공습을 했다지요? 이안이 끼어들었다. 굴드 역시 이스라엘의 공습으로 민간인 사상자가 수백 명에 이르렀다는 기사를 읽은 기억이 났다. 윤리적인 문제 때문이겠지만 기사에서 사용한 사진들은 대부분 폐허가 된 건물이나 치솟는 화염 등에 국한됐다. 굴드는 기사 속에서 어린아이의 울부짖음을 들었다.

라예드! 라예드! 어디 있니? 라예드! 대답해! 제발 괜찮다고 말해줘! 제발 대답 좀 해! 소년은 자신의 다리를 짓누르고 있는 콘크리트 더미를 밀쳐내려고 몸을 비틀었다. 한 손으로는 콘크리트 조각을 들어내고 다른 한 손으로는 밀어내며 어떻게든 몸을 움직이려고 했다. 먼지 때문에 숨을 쉴 수 없었다. 입안은 돌조각으로 가득찼다. 눈도 쓰라렸다. 다리는 불에 타는 것 같았다. 다리 사이에서 돌조각 하나를 빼내자 조금 여유가 생겼다. 두 팔로 땅을 당기며 몸을 빼냈다. 뿌연 먼지 사이로 건물의 잔해가 보였다. 지붕과 담벼락 모두 폭삭 주저앉아 거대한 무덤 같았다. 뼈대를 드러낸 채 무력하게 널브러진 무덤. 시체와 흘러내린 핏물로 가득한 운동장. 그 앞으로 기적같이 살아남은 축구공이 굴러갔고, 죽은 아이 앞에서 멈췄다. 쪼개진 나무를 가슴에 박고 수채물감이 채 마르지 않은, 이제 막 채색이 끝난 듯 보이는 그림으로 얼굴을 덮은 아이. 소년의 눈동자에 사로잡힌 라예드는 더이상 라예드가 아니었다.

그놈의 전쟁기계들을 지구상에서 싸그리 박멸해야 한다니까요! 히틀러는 위대한 사람입니다. 선견지명이 있었던 거지요. 역사가 말해줄 겁니다. 그놈의 악마 새끼들을 지금이라도 싹 다 가스실에 처넣어야 한단 말입니다! 페터가 목에 힘줄을 곤두세우며 말했다. 번질거리는 얼굴이 붉게 달아올라 페터의 얼굴은 흡사 붉은 돼지 같았고 두툼한 뱃살을 비집고 튀어나온 펜디 로고도 비곗덩이처럼 보였다. 지금 인종청소를 하자는 겁니까? 악은 무지에서 온다는 말이 맞군요. 이안이 이죽거리며 말했다. 굴드는 모든 게 다 시시했지만 유일하게 시시하지 않은 것이 있다면 지구에서 인류를 박멸하는 일이라고 생각했다. 그런데 인류가 사라지는 동시에 문장 역시 증발하는 것은 난감하고 못 견딜 일이었다. 아니다, 인류와 무관하게 자생할 수도 있지. 굴드는 생각을 고쳐먹고 어떤 문장을 떠올렸다. 그리고 문장은 꼬리에 꼬리를 물고 또다른 문장을 만들어냈다. 봄이다, 로 시작되는 문장이었다.

봄이다. 이제 곧 모란이 트고 동백이 불타오르고 벚꽃이 흩어지며 하늘을 밝힐 것이다. 길바닥에 쏟아진 햇볕이 툭, 툭, 발끝에 차이고 물결은 휴식을 취하겠지. 애기풀들이 몸을 뒤치며 나무에 매달리고 공중을 배회하던 꽃내가 시큰하게 눈을 찌를 것이다. 사람들의 옷차림이 가벼워지고 겨우내 하얗던 목덜미는 구릿빛으로 익어가겠지. 당신의 목덜미에 눈길이 머문다. 아련하고 황홀하다. 이것은 사랑이 움트는 시초. 코트 밑에 잠들어 있던 심장이 눈뜨는 소리. 그러나 언제나 ㅅ에서 정지하는 말. 더이상 나아가지 못하는 말. 모음도 또다른 자음도 갖지 못하는 말. ㅇ은 절대 가질 수 없는 말. 결코 도달할 수 없는 말. 그래서 운다. 노래는, 빛은, 귀를 찢을 듯 쿵쿵대는데 그 쿵쿵이 마치 누군가 심장을 밟고 지나가는 소리만 같아서. 눈을 감고 눈을 뜨고. 더러는 내가 나를 부둥켜안고 운다. 또 더러는 쿵쿵, 천장을 향해 뛰다가 다시 운다. 내 안에서 당신을 다 퍼내다가 또, 운다.

운다, 로 끝나는 문장을 뒤로하고 굴드는 그곳에서 빠져나왔다.

우연

몰리가 절에 간 것이 처음은 아니었으나 객사에 머문 것은 처음이었다. 몰리는 절에 갈 때마다 인근에 있는 관광호텔에 머물렀다. 승려들이 도박판을 벌여 논란이 되었던 곳인데 방에는 몰래카메라를 설치했던 구멍이 막히지도 않은 채 방치되어 있었다. 그것은 관광상품으로서의 가치가 있다고 할 수 없었을뿐더러 외관상으로도 흉해서 몰리는 갈 때마다 휴지로 구멍을 틀어막았다. 하지만 그다음에 갔을 때는 구멍이 또다시 뚫려 있고는 했다. 그렇다고 해서 몰리가 호텔을 지나친 것이 구멍 때문이라고 할 수는 없었다. 몰리에게는 조금 더 고요하고 조금 더 고독한 공기가 필요했다.

몰리가 머문 객사는 주요 전각들에서 다소 떨어진 곳에 있어 조용했다. 감나무에 내려앉는 새들과 대나무밭이 울어대는 소리를 제외하면 완벽하게 적막했다. 안개가 오는 소리마저 들릴 지경이었다. 방구석에는 곱게 접힌 이불과 요 한 채가 놓여 있었고 벽에는 길고 굵은 대나무가 가로로 걸려 있었다. 벽 한쪽을 차지한 벽장은 자물쇠로 굳게 잠겨 있었는데 그 안에 무엇이 들어 있는지 궁금하지는 않았다. 화장실은 깨끗했고 샴푸와 바디워시, 치약과 비누 등 필요한 물품도 갖추고 있었다. 몰리는 앉은뱅이책상 옆에 가방을 놓아두고 외투를 벗어 대나무에 걸었다. 그러고는 고요 속에서 고요하게 머물렀다. 밥때가 되면 공양간으로 가 밥을 먹고 밥을 먹고 나면 가만히 누워 고요 속에 묻혔다. 그렇게 사흘째 되던 날 없던 소리가, 그것은 소리가 아니라 공기의 진동으로 느껴졌는데, 들려왔다. 파동은 잔잔했으나 몰리는 급히 심란해졌다. 잠잠하기만 했던 심장이 낯익은 진폭으로 떨기 시작했다. 몰리는 뜨거운 방바닥에 몸을 누인 채 시간이 지나기를 기다렸다. 옆방이 누군가의 숨으로 가득찼다.

이렇게 맛없는 절밥은 처음 먹어봅니다. 공양간에서 만난 남자는 눈인사를 보내기도 전에 말부터 걸어왔다. 그러나 그것은 몰리를 향한 것이라기보다는 혼잣말에 가까웠고 혼잣말이라기보다는 모두를 향한 것이라고 할 법하게 조심성이 없었다. 스님들이 모여 앉은 쪽에서 기침소리가 들려왔다. 남자는 입을 다물고 다시 밥을 먹기 시작했다. 몰리도 발우에서 눈을 떼지 않고 수저를 들어올렸다. 그러나 신경이 곤두섰다. 남자의 호흡과 손놀림이 그대로 느껴졌다. 몰리는 조급하게 식사를 마친 뒤 서둘러 공양간에서 빠져나왔다.

공양간에서 나온 몰리는 큰 숨을 여러 번 내뱉은 후 일주문 쪽으로 걸음을 옮겼다. 일주문 밖에는 크다면 크고 작다면 작은 연못이 있었는데 그곳에 수달 두 마리가 산다고 했다. 원래부터 키우던 것도 아니고 누군가 놓고 간 것도 아닌데 어느 날 수달 두 마리가 헤엄치고 있는 것을 티베트에서 온 사문이 발견했다고 한다. 신기한 것은 녀석들이 일반인들 앞에는 모습을 드러내지 않는다는 것이다. 스님들 앞에도 예사로 나타나는 것은 아니고 목탁 소리나 불경 외는 소리가 들려오면 어디에서인가 나타나 바위 위에 나란히 서 있다가 소리가 그치면 사라져버린다고 했다. 몰리는 넓적한 바위를 찾아 앉았다. 빛이 떨어져 수면이 반짝였고 연못을 가르고 나 있는 돌다리들이 반질거렸고 물속에 잠긴 나무줄기들이 물결에 따라 좌로 우로 흔들렸다. 그리고 바람이 불었다. 찬바람 때문에 머릿속이 다 얼얼했다. 수달은 보이지 않았다. 몰리는 수달이든 다른 무엇이든, 움직이는 것들을 발견하게 되기를 바랐다. 하지만 영원히 아무것도 발견하지 못할 것이라는 예감이 들었고 그편이 나을 것 같기도 했다. 몰리는 몸을 털고 자리에서 일어섰다.

몰리가 일주문을 막 지났을 때 몰리의 발소리에 다른 사람의 것이 섞여들었다. 남자가 몰리를 뒤따라 걸었다. 몰리는 신경이 쓰였다. 무방비 상태로 뒷모습을 내어주는 게 탐탁지 않았다. 그렇다고 걸음을 늦추거나 빠르게 걸을 수도 없는 노릇이었다. 남자가 말을 걸어도 곤혹스러울 것 같았다. 그러나 몰리는 이미, 남자가 말을 붙일 경우 그것은 어떤 내용일지, 그 경우 자신은 어떤 대답을 해야 할지를 상상하고 있었다. 일정한 속도로 따라오는 발소리를 들으면서. 그러나 객사에 들 때까지 발소리에 다른 소리가 끼어드는 일은 없었다.

옆방에서는 아무런 소리도 들려오지 않았다. 화장실 문이 열리고 물을 내리고, 화장실 문이 닫히는 소리가 옆방에서 들려오는 소리의 전부였다. 간간이 책장 넘기는 소리가 들리는 것도 같았다. 몰리는 벽에 귀를 가져다 댔다. 나쁜 짓을 하는 것처럼 심장이 뛰었다. 방 저편에 앉아 이편 사람과 대화를 나눌 수도 있을 정도로 객사는 방음이 전혀 되지 않는 것 같았다. 뿐만 아니라 마감도 제대로 되어 있지 않았다. 불을 끄면 옆방의 불빛이 새어들어왔는데 그것이 벽을 이루고 있는 벽돌과 나무 사이의 틈을 따라 직선으로, 몇 개의 네모꼴을 만들었다.

몰리는 말없이, 말을 할 상대도 없었고 딱히 해야 할 무언가도 없었으므로, 벽을 통해 들어오는 불빛을 바라보다가 가방에 담아온 술을 기억해냈다. 가느다란 불빛에 의지해 가방을 열었다. 되는 대로 짐을 쑤셔넣은 탓에 술병을 쉽게 찾을 수 없었다. 몰리는 결국 가방을 뒤집어엎고서야 술병을 찾았다. 그러고는 화장실에서 양치컵을 꺼내와 술을 따랐다. 한 잔을 마시고 두 잔째를 따르고 있을 때 방 저편에서 남자가 말을 걸어왔다. 같이 마셔도 될까요?

술이 충분하고, 실례가 되지 않는다면요. 몰리는 건너오시라고 대답한 후 불을 켜기 위해 몸을 일으켰다. 그때 노크 소리와 함께 방문이 열렸다. 방문 앞에 선 남자의 모습은 거대한 그림자 같았다. 그리고 남자와 방문 틈으로 보이는 하늘. 날카로운 모서리를 하늘에 박은 채 간신히 매달려 있는 달. 그 곁에서 빛나는, 한눈에 보기에도 무수한 별. 몰리는 남자와 문틈 사이로 거대한 세계의 거대한 비밀을 목격한 듯한 기분이 들었다.

남자는 머리를 숙이며 방으로 들어섰다. 어, 불빛도 새는군요. 소리만 새는 줄 알았는데. 운치 있네. 방에 들어선 남자가 주저하는 기색도 없이 이불을 덮고 앉았다. 남자에게 이불을 빼앗긴 채로 몰리는 벽에 등을 기대고 앉았다. 남자가 몰리의 다리에 이불을 덮어주었다. 몰리는 얼떨결에 낯선 남자와 한이불을 덮게 된 것이 이상하고 야릇하게 여겨졌다. 불은 그대로 두도록 하지요. 그제야 몰리는 자신이 불을 켜지 않았다는 것을 깨달았지만 불을 켜기 위해 다시 자리에서 일어서는 일은 하지 않았다.

남자는 말없이 술을 들이켰다. 몰리는 술 넘기는 소리가 나지 않도록 주의를 했으나 주의를 하면 할수록 소리는 더욱 커지는 것 같았다. 얼굴이 달아올랐다. 몰리는 틈틈이 양손으로 볼을 지그시 눌렀다가 떼어냈다. 뜨거운 것이 술 때문인지 내부의 열기 때문인지 분간할 수 없었다. 술을 따르다가, 술을 마시다가, 몸의 어딘가가 부딪칠 때마다 몸을 떨었고 혹 그 떨림이 남자에게 전해진 것은 아닌가 해서 또다시 얼굴이 달아올랐다. 몰리는 남자가 사이비 교주거나 연쇄살인범일 수도 있다고, 남자에게 붙들려 회유를 당하거나 죽임을 당할 수도 있다고 생각했다. 경계해야 한다고, 몰리의 머리가 충고했다. 그러나 몰리의 몸은 남자에게 손을 붙들리거나 남자의 손을 붙들고, 옆구리에 머리를 파묻는다든가 한쪽 팔을 가슴으로 당겨 안는다든가 등에 이마를 댄다든가, 어떤 방식으로든 남자의 몸을 느끼고 싶다고 말했다. 내가 채우지 못하는 것을 타인이 채워주는 의외의 순간들, 다른 무엇도 아닌 타인의 체온이 그리운 때, 그것이 제법 큰 위안이 되기도 하고. 하지만 몰리에게는 아무런 의지가 없었고 의지가 있었다고 하더라도 자신의 외부에서 어떤 일이 일어날 것 같지는 않았다. 일상이라는 것이 이제는 없을 것만 같았다.

정전 좋아해요? 남자가 어둠 속에서 물었다. 정전이요? 전기가 나가는 것 말인가요? 네, 그 정전 말입니다. 글쎄요, 정전을 좋아하는지 아닌지에 대해서는 생각해본 적이 없어요. 정전이 돼서 세상이 모두 캄캄해지면 숨쉬기가 힘들었다는 건 기억이 나요. 좋은 기억은 아니었겠군요. 난 좋아합니다. 정전이 될 때마다 신이 났죠. 전기가 끊겨 어둠인 상태로 있는 것도 좋았지만 정전이 끝나는 순간으로 말할 것 같으면 뭐랄까, 죽음 저편에 내가 존재하는 것 같달까. 아무튼 정전이 된 순간의 세상은 보는 것이 아니라 만지는 것이니까요. 나와 세상 사이의 간격을 없애면서 나와 세상을 밀착시키죠. 온몸은 더듬이가 되고, 더듬이가 된 몸으로 만지는 세상은 수수께끼 같았지만 그만큼 생생하고 매혹적이었습니다. 그런 생각을 합니다. 근접한 것들에서 더이상 매력을 느끼지 못하는 것은 눈 때문일 거라고. 모든 걸 보여주지만 정작 그 실체에 가닿으려는 욕망은 사라지게 만드는 거죠. 다 알고 있다고 착각하게 만드는 겁니다. 몰리는 달리 할말이 없었다. 그런 식의 생각은 해본 적이 없었다. 몰리는 공연히 술잔을 들었다 내려놓았다. 아무튼 그렇다는 건데. 아무튼 정전이 끝나는 그 찰나의 순간은 무척 짜릿했습니다. 모든 게 어둠과 정적에 싸여 있다가 한꺼번에 소란스러워지는 거예요. 불이 들어오고 라디오가 켜지고 컴퓨터가 윙윙거리고 여기저기서 안도하는 소리들이 동시에 들려오죠. 모든 것이 한꺼번에 다시 살아나는 것 같았습니다. 생기를 되찾으면서요. 정기적으로 정전이 된다면 정기적으로 부활할 수 있을 것만 같았죠. 여기까지 말하고 남자는 입을 다물었다. 몰리도 화제를 이어가거나 새로운 화제를 꺼내 대화를 계속하고 싶지는 않았다. 그대로도 좋았다.

　내일 나가서 함께 밥 먹지 않겠어요? 한참 만에 남자가 물었다. 몰리는 대답 대신 고개를 끄덕였다. 남자도 고개를 끄덕이며 자리를 털고 일어섰다. 몰리는 남자가 문밖으로 사라지기 전에 불을 켜야만 할 것 같았다. 모든 것이 다시 살아나도록. 그래서 남자와 자신도 새로운 방식으로 무엇인가를 새롭게 시작할 수 있도록. 하지만 무엇인가를 새롭게 시작해야 할 만큼 무엇인가를 한 것이 없었으므로 몰리는 벽에 등을 기대앉은 채로 남자가 방문을 열고 나가고, 옆방 문이 열리고 닫히는 소리를 들었다. 그리고 다음날부터 몰리와 남자는 함께 밥을 먹는 사이가 되었다.

남자는 늦게 자고 늦게 일어났고, 몰리는 남자보다 더 늦게 자고 늦게 일어났으므로 둘은 점심과 저녁만 밖에서 해결하면 되었다. 남자는 인근의 맛집을 검색해서 매끼 새로운, 맛있는 음식을 먹도록 해주었다. 몰리에게 식사란 시장기만 속이면 되는 것이었다. 그래서 남자가 그토록 먹는 것에 집착하는 것을 이해하기 어려웠으나 한편으로 재미있기도 했다. 남자는 불도를 닦는 승려들보다도 더, 세상을 초월한 것 같은 어떤 분위기를 풍겼다. 언제나 등을 쭈욱 편 채로 앉았고 걸었다. 흰머리가 나 있는 고수머리는 단정하다고는 할 수 없었으나 몸 전체에 정적이고 기품 있는 이미지를 부여했다. 손가락은 섬세하고 우아하게 움직였으며 느리게 말하는 버릇 때문에 신중하고 사려 깊어 보였다. 무엇보다 눈빛이 깊었다. 모든 것들을 경험하고 그 모든 것들이 부질없다는 사실을 깨닫고 난 후에만 가질 수 있는 눈빛이었다. 역시나 남자는 무엇에도 관심을 보이지 않았다. 간이라도 맞추듯 과거의 어떤 경험들을 꺼내놓기는 했으나 현재나 미래에 관해 이야기하는 법은 없었다. 그런 남자가 먹는 것에 유독 관심을 보이고 집중하는 게 우스워 보이는 건 당연했다.

몰리는 남자와 함께 밥을 먹으면서 남자가 음악을 듣지 않고 노래도 하지 않으며 술과 약을 먹어야 잠에 들 수 있다는 사실을 알아냈다. 음악이나 노래 말고 또 안 하게 된 게 있나요? 운전도 하지 않습니다. 언제부터요? 칠팔 년 됐나? 어쩌다 그렇게 된 거예요? 네? 그러니까 그런 것들을 하지 않게 된 계기가 있었나 해서요. 특별한 계기나 이유는 없습니다. 어느 날 문득 음악을 듣거나 노래를 부르거나 운전을 하는 일이 바보스럽게 여겨졌을 뿐입니다. 남자는 그런 일들이 정말 바보스러워 견디지 못하겠다는 표정으로, 그러니까 한쪽 눈과 입꼬리를 동시에 일그러뜨리며 말했다.

하지만 그날 밤 몰리와 남자는 음악을 들었다. 다른 날처럼 몰리의 방에서, 불을 끄고, 벽에 몸을 기대고 앉아, 술을 마시면서. 대부분이 뉴올리언스재즈였는데 음악을 듣기 시작한 지 얼마 지나지 않아 몰리는 후회했다. 자신의 휴대폰에 저장돼 있는 음악이 자신의 성격이나 취향은 물론이고 생활환경까지도 낱낱이 까발리는 것처럼 여겨졌던 것이다. 소리들이 화려하지 않아서 좋군요. 마룻바닥을 발로 구르며 몸을 움직여야 할 것 같기는 하지만. 남자가 말을 끝낸 순간, 떠난 네가 남겨진 나보다 더 아프겠지라는, 유치한 가사가 흘러나왔다. 몰리가 한 번도 들어본 적이 없는 노래였다. 몰리는 자신도 모르게 휴대폰을 들어 음악을 중단시켰다. 다시 긴 침묵이 이어졌다.

정말 떠난 사람이 더 아플까요? 침묵을 깨고 남자가 물었다. 설마요, 떠나는 것엔 이유가 있지 않겠어요? 남겨지는 것엔 이유가 없고요. 이유를 모르거나 거짓 이유만 알게 되거나. 자의도 없고. 말 그대로 그냥 남겨지는 건데 그게 더 아프지 않겠어요? 당신은 질문이 많군요. 대답도 질문처럼 하고요. 그래요? 가만히 생각해보니 그런 것도 같았다. 질문이 많은 이유는 분명했다. 몰리는 침묵이 어색하고 불편했다. 특히나 잘 알지 못하는 사람과의 침묵일 경우에는 더욱 그랬다. 자리를 박차고 일어서고 싶은 마음을 몰리는 질문을 하는 것으로 주저앉히고는 했다. 그런데 대답도 질문처럼 하는 습관이 있다는 것은 처음 알았다. 그것은 분명 확신이나 동의와 관련될 것인데, 그렇게 따지자면 몰리는 자신의 생각에 확신을 갖고 있지도 않았고 그런 만큼 타인의 동의가 중요한 사람인지도 몰랐다. 이제 건너가세요. 몰리는 말하고 곧 후회했으나 자신이 남자를 잡을 만한 사람이 못 된다는 것도 잘 알고 있었다.

희뿌연 빛이 방으로 번졌다. 몰리는 순간적으로 눈살을 찌푸렸고 그제야 자신이 잠을 자지 않았다는 사실을 깨달았다. 남자가 기대고 앉았던 벽에 등을 기댄 채로, 자신이 깨어 있다는 사실도 모른 채로 깨어 있었던 것이다. 몰리는 몸을 눕혀 뻣뻣한 몸을 쭈욱 편 후 뒹굴며, 말 그대로 방의 왼쪽에서 오른쪽으로 오른쪽에서 왼쪽으로 몸을 굴리는 짓을 반복하며, 남자가 일어날 때를 기다렸다. 빛이 밀려들어오는 것만큼 방에서 밀려나며.

남자는 오후가 다 되어서야 몰리의 방으로 건너왔다. 그러고는 길게 누워 잠깐만 자겠다고 말했다. 여태 잔 거 아니었어요? 여태 깨어 있었습니다. 아무 소리도 안 들리던데, 그럼 여태 뭘 한 거예요? 아무 짓도 하지 않았습니다. 가만히 누워서 당신 방에서 나는 소리를 들은 것도 짓이라면 그 짓을 하고 있었죠. 남자는 말을 흐리며 곧장 잠으로 빠져들었다. 남자의 이마에 빛이 닿았다. 주름 사이로 시간이 켜켜이 스며드는 것만 같았다. 몰리의 눈꺼풀도 내려앉았다. 몰리는 남자의 이마를 바라보며 얼마간 졸다가 남자 옆에 누웠다. 남자가 몰리의 손을 당겨 잡았다. 그러고는 자신의 손가락으로 몰리의 손가락을 천천히, 꼼꼼히 매만졌다. 당혹감 같은 것은 없었다. 두려움도 없었다. 전생에서부터 그 손에 잡혀 있었던 것처럼 몰리에게는 모든 것이 익숙하고 자연스러웠다. 그렇게 밤이 왔다.

이상한 상황이고 이상한 오후였다. 이상한 밤이기도 했다. 몰리가 눈을 떴을 때는 완전히 캄캄해서 자신이 어디 있는지조차 분간하지 못할 지경이었다. 남자의 손에 붙들려 있는 자신의 손만이 생생했다. 진저리가 쳐질 정도로 쓰고 매운 어둠이 점점 엷어지며 단내를 풍기는 것만 같았다. 제게 이상한 오기와 독기가 있었다더군요. 몰리가 어둠 속에서 눈을 깜박이며 말했다. 초등학교 사학년 때였는데, 친구 하나가 학교에 커다란 칡뿌리를 들고 왔어요. 드셔보셨어요? 칡즙 말고 칡뿌리 말입니까? 남자는 고개를 좌우로 흔들었다. 친구가 껍질을 쓱쓱 벗겨내더니 끝을 잘라 우물우물 씹는 거예요. 그러고는 반 애들한테 그걸 나눠줘요. 산골 학교에 다녔습니까? 호랑이도 나오고, 뭐 그런 곳? 남자가 물었다. 그 목소리가 제법 진지해서 몰리는 웃음을 참으며 이야기를 계속했다. 대부분의 아이들이 몇 번 씹다가는 자지러지며 내뱉었어요. 그런데 전 어땠게요? 인상도 쓰지 않으려고 꾹 참아가며 그걸 계속 씹었어요. 그냥 삼키지 그랬어요. 그냥 그러기 싫었어요. 억지로 참았는데, 참으면서 씹고 씹다보니까 달았어요. 달았어요? 네, 달았어요. 오래 씹으면 달구나, 침이. 남자가 말했다. 응, 오래 씹으니까 달았어요. 그때 제가 무슨 생각을 했는 줄 아세요? 누군가 질겅거리다가 단맛이 돌 때쯤 입안에 넣어줬으면 좋겠다, 생각했어요. 그랬어요? 그랬어요. 그런데 그 누군가라는 게 말이에요. 아버지도 아니고 어머니도 아니었어요. 부모도 싫었어요. 그렇지만 사랑하는 사람이라면 괜찮을 것 같았거든요. 그때 깨달았어요. 사랑이란 서로의 육체적 이물감을 극복하는, 아니면 애당초 개의치 않는 데서 비롯되는 게 아닐까 하고 말이에요. 그건 정말 놀랍고 신비한 거잖아요. 조숙했군요. 지금도 그렇게 생각합니까? 남자가 물었다.

사랑은 호르몬 작용이라던데요, 도파민? 페닐에틸아민? 지겨워요, 이름도 어렵고. 당신하고 있을 때만 호르몬이 분비됩니다. 남자가 몰리의 말에 대꾸했고 몰리가 다시 말했다. 인간의 모든 비극은 사랑인걸요. 인간의 모든 황홀도 사랑입니다. 맹목적이고 무질서해요. 새로운 질서죠. 최신 트렌드는 아주 오래 또다시 이별하는 거래요, 지구 망해라. 하나의 사랑이 또다른 사랑을 데려오는 법입니다. 잡음만 내다 푹 꺼지는 게 사랑이에요. 미터기가 올라갈수록 기쁨도 커지는 게 사랑이죠. 물론 택시기사의 입장에서요. 진통제를 삼키고 알알이 참아야 하는 거예요. 때로는 그게 우리를 이상한 나라로 데려다주기도 합니다. 천둥, 번개, 폭우의 삼종 세트예요. 끌어안고 끌어안기기에 최적인 시스템이네요. 욕망의 변주일 뿐이에요. 나의 로망은 아직도 손만 잡고 자는 거예요. 오빠 믿지? 폐선처럼 녹슬어가는 거예요. 그래서 끝내 서로의 생에서 퇴장하는 거. 내가 울면 당신이 떠내려가니까 울음을 꾹 참는 거예요. 등골을 빼먹는 게 사랑이에요. 기꺼이 등골을 빼먹히는 게 사랑이죠. 산책 갈래요? 돌연 남자가 물었다.

무엇인가에 홀린 것 같았다. 홀린 듯 산길을 걸었다. 숲은 거대한 아가리를 벌린 채 어둠에 잠겨 있었고 달은 구름에 가려 희미하게 빛났다. 숲에서 까마귀 우는 소리가 들려왔다. 까마귀는 낮고 깊은 목소리로 길게 울다가 한동안 멈춘 뒤 다시 길게 울곤 했는데 그 때문인지 매우 아련하고 구슬프게 들렸다. 남자의 손이 몰리의 손을 끌어당겼다. 남자의 손은 몰리의 손을 붙들고 몰리의 손은 남자의 손에 붙들린 채로 둘은 천천히 그리고 두려움 없이 앞으로 나아갔다.

얼마 후 작은 암자가 나타났다. 어둠 속에서 돌층계만 희미하게 빛났다. 몰리와 남자는 아무 말 없이 돌층계에 앉았다. 그러고는 동시에 고개를 쳐들었고 동시에 희미한 달빛을 바라보았다. 그

때 숲이 움직이더니 작은 사슴 한 마리가 나타났다. 몰리는 놀랐고 남자 역시 놀란 게 분명했다. 몰리는 자신의 손을 잡고 있는 남자의 손아귀에 순간적으로 힘이 들어가는 것을 느꼈다. 하지만 사슴은 바람이 없는 물의 눈빛으로, 가만히 멈춰 서서 둘을 바라보았다. 순간, 시간이 멈춘 것 같았다. 아니 애초에 시간이란 게 존재하지 않았던 것처럼 여겨졌다. 공기는 잔잔했고 나뭇잎들은 몸에서 힘을 뺐고 두 사람의 숨소리는 고요해졌다. 사슴이 두 사람을 향해 첫 발자국을 뗄 때까지 정지는 지속됐다. 사슴은 무엇인가에 골몰한 사람처럼 긴 목을 한쪽 방향으로 기울인 채 다가왔다. 사슴이 발자국을 뗄 때마다 몰리는 자신의 몸에서 시간이 빠져나가 먼 곳으로 흘러가는 것 같은 착각에 빠져들었다. 시간이 멈춘 것과는 다른 느낌이었다. 그것은 흡사 자신의 과거와 현재와 미래가 순차적인 방향을 갖지 못하고 소용돌이치다가 무기력하게 흩어지는 것과 같았다. 마침내 사슴이 두 사람 앞에서 걸음을 멈추었을 때 몰리는 순간적으로 눈을 감았다. 따뜻하고 부드러운 혀가 손등을 어루만졌다. 사슴은 한동안 더, 두 사람이 맞잡은 손을 핥다가 방향을 틀어 왔던 곳으로 돌아갔다. 숲이 또다시 움직였다. 두 사람은 손을 잡은 채로, 아무 말 없이, 말 같은 건 아무래도 좋다는 듯이, 사슴이 사라진 곳을 바라보다가 객사로 돌아갔다.

그것이 마지막이었다. 다음날 남자는 이제 갈 때가 되었다면서 절을 떠났고 며칠 후 문자 한 통을 보내왔다. 절에 다녀온 후로 이상하게 술과 약을 하지 않고도 잠을 잘 수 있게 되었고, 그것이 당신 때문인 것 같은데 왜인지는 잘 모르겠고, 만약 이유를 알게 되면 그때 다시 연락하겠다는 내용이었다. 몰리는 이상하고, 우연으로 엮인 인연은 이상하고, 우연인 채로 놔두는 편이 좋다고 생각했다. 훼손시키면 안 될 것 같은 기분도 들었다. 일생에 한 번쯤, 떠올리면 꿈같은 일들이 있어도 좋을 거라고. 시간이 흐르고 나면 정말 그런 일이 있었나 싶을 정도로 묘하고 야릇한 일들. 안개를 헤치고 들어가 안개 속에서 나오는 것 같은 일들. 몰리는 어쩐지 일생을 통틀어, 있는 힘을 다해 열심히, 남자를 사랑한 것 같은 느낌이 들었다.

굴광성

몰리의 집은 십자 골목의 한 귀퉁이 연립주택 이층에 있었다. 침실로 쓰는 방이 하나, 서재로 쓰는 방이 하나, 그리고 여닫이문이 달려 있어 방으로도 거실로도 쓸 수 있는 방이 또하나 있었다. 주방은 길고 싱크대 역시 일자로 놓여 있었는데 싱크대가 낡아 문짝에 붉은 시트지를 붙였고 포인트로 가운데 문짝 하나에는 흰 시트지를 붙여놓았다. 침실에 달린 검정색 암막커튼은 주름 없이 펼쳐져 있어 그 하나로 또다른 벽이었고 서재에 달린 붉은색 커튼은 들어오는 흰빛을 투명한 붉은빛으로 만들어 몽환적인 분위기를 연출했다. 거실에 달린 흰색 커튼은 또 어땠는가 하면 소재가 얇고 가벼워 창을 열어놓으면 커튼 자락이 바람에 풍성하게 퍼지며 굴곡을 만들어 거실 가득 파도가 넘실거리는 느낌을 주었다. 그곳에서 가장 많은 시간을 보낸 남자는 몰리의 두번째 남자였다.

대개의 여자들이 나쁜 남자에게 끌리는 것과 달리 몰리는 약한 남자에게 끌렸다. 몰리의 남자들은 꽤 괜찮다고 할 만했는데 몰리가 그들에게 끌린 포인트는 남들하고는 조금 달랐다. 이를테면 몰리는 어두운 창고에서 바스러져가는 것들에 끌렸고, 먼지가 깨끗하게 닦인 채 진열장 한가운데에서 쓸모와 매력을 과시하는 기성품에는 관심이 없었다.

몰리의 최초의 남자는 좋은 집안과 안정적인 직장과 유연한 사회성과 수려한 외모를 두루 갖춘 사람이었다. 많은 여자들이 그의 팔뚝에 매달리는 상상을 했는데 모든 사람의 예상을 깨고 그의 팔뚝에 매달린 여자는 몰리였다. 몰리가 처음부터 그에게 관심을 가졌던 것은 아니다. 그의 눈동자에서 노쇠한 영혼을 발견하기 전까지 그는 몰리에게 한 남자가 아니라 다수의 남자 중 하나에 불과했다. 어느 날 그가 그토록 피로하고 쓸쓸한 눈빛으로 뛰어들지 않았다면 몰리에게 그는 영원히 다수의 남자 중 하나에 머물렀을 것이다. 그가 몰리의 내면에 있는 깊숙한 창고에 뛰어든 순간 몰리는 그의 무릎을 타고 앉아 입을 맞추었다. 습격이라 할 법한 일을 당하고 그는 당황하는 대신 몰리와 모험을 하기로 결정했다. 몰리는 공원을 거닐고 자전거로 강변을 달리고 시장 골목을 누비고 요리를 하고 여행을 하는 일을 모두 그와 함께 했다. 그리고 모든 밤에 그와 사랑을 나누었다. 그와 몰리 모두 아슬아슬한 줄타기를 사랑했으므로 둘 사이에는 늙은 사람들 사이에서나 가능한 안정감이나 지루함이 끼어들 여지가 없었다. 두 사람은 흔들리고 불타오르도록 자신들을 풀어두었고 그를 향한 몰리의 마음은 날이 갈수록 뜨거워졌다. 나이가 들수록 쓸쓸함과 고통은 깊어지는 법이었고 그도 다르지 않았으니 가능한 일이었다. 그의 눈동자에 비친 노쇠한 영혼은 점점 고혹적인 빛을 띠어갔다. 그러나 몰리를 향한 그의 마음은 날이 갈수록 희미해졌다. 그에게 몰리는 무료한 세계에서 발견한 재미있고 신나는 존재였는데 그런 것에는 언제나 한계가 있게 마련이었다. 몰리가 은행을 털거나 대통령을 저격하지 않는 이상 몰리의 재미는 어제의 것과 다르지 않았다. 몰리의 생각과는 달리 그의 눈빛에서 느껴지는 공허는 사실 지루함이었던 것이다.

몰리의 두번째 남자는 실연에서 빠져나오지 못하고 갈팡질팡하던 사람이었다. 그는 헤어진 여자의 블로그와 SNS를 뒤지며 그녀를 스토킹하는 데 최선을 다했다. 울분과 슬픔과 미련이 그를 집어삼키고 있을 때 몰리를 만났는데 몰리가 두고두고 아쉬워했던 것은 울분과 슬픔과 미련에 더해 찌질함이 그를 집어삼키도록 놔두지 않은 것이다. 몰리는 종종 그의 전 여자친구의 집 앞이나 회사 앞에서 그를 잡아와야 했다. 그리고 때로는 그로부터 전 여자친구와 함께 갔던 모텔 앞으로 자신을 데리러 와달라는 전화를 받기도 했다. 몰리를 만나면서도 그는 헤어진 여자의 뒤를 쫓았고 몰리와 헤어진 후로는 몰리의 뒤를 쫓는 데 모든 시간을 투자했다. 현재의 여자가 아니라 과거의 여자에 집착하는 게 그를 이루고 있는 유전적인 형질 같았다.

기찻길 밑에 있는 국숫집 있지? 오늘 거기 들러 국수 먹고 왔어. 혼자 온 사람은 나 하나뿐이더라. 테이블 앞에 앉아 마주앉았던 너를 떠올렸어. 우린 그때에도 무언가 불편하고 불우한 감정들에 시달렸던 것 같은데, 어쨌거나 그래도 네가 없는 것보다는 네가 있는 것이 좋았어. 내가 알고 있는 곳들을 떠올려보니 나 혼자 알고 있는 곳이 하나도 없더라. 곳곳에 네가 있고 네가 너무 많아 나는 도무지 내가 무얼 해야 너를 피해 갈 수 있는지 알 수 없었어. 나는 내일 또 어디에서 널 만나야 할지. 울먹이며 오는 동안 어둠이 휘휘 지나갔어.

몰리에게 다른 남자가 생겼다는 것을 알게 된 후 두번째 남자는 하루에도 수십 번씩 문자를 보냈다. 짤막한 안부일 때도 있었고 몰리와의 좋았던 때를 상기시키는 것일 때도 있었고 징징거리거나 화를 내는 것일 때도 있었다. 그리고 술에 취할 때면 어김없이 전화를 걸었다. 침대 시트 바꿨니? 내가 한 낙서는, 내가 책상 위에 한 낙서 말이야, 그거 지웠어? 벽은, 벽은 어떻게 됐어, 내가 그림 그려놨잖아, 도배 새로 했어? 책장은, 내가 책장 옮겨놨잖아, 그거 원위치시켰어? 이런 식이었다. 방을 채우고 있는 공기나 빛을 갈아치웠는지 묻지 않는 게 신기할 지경이었다.

창틀에 턱을 괴고 밖을 바라보다가 두번째 남자를 발견하는 때도 있었다. 두번째 남자는 발견되기 좋은 위치에 서서 연거푸 담배를 피우거나 차를 주차해놓은 채 움직이지 않았다. 민트색 소형차였다. 차량 번호가 뭐였더라. 몰리는 생각했다. 82로 시작됐던 것 같은데. 두번째 남자는 몰리가 태어난 해와 자신의 차번호 앞자리가 같다는 것 때문에 둘의 만남을 운명처럼 여겼다. 그런 게 운명일까. 몰리는 생각했다. 뒷번호는 뭐였지. 열 개의 숫자 안에 있을 것인데, 열 개뿐인데 도무지 기억나지 않았다. 기억나지 않아서 헤어졌나. 헤어져서 기억나지 않나. 헤어질 운명을 갖고 있는 숫자였나. 운명이 두 개나 겹쳐서 만나고 헤어졌나. 몰리는 뒷번호가 기억나면 내려가서, 계단을 내려가서, 내려간 후에는 어떻게 해야 할지 몰랐지만, 아무튼 내려가볼 작정이었는데 도무지 숫자가 생각나지 않았다.

두번째 남자는 계속 찾아왔고 두번째 남자와 헤어진 뒤 꼭 세 달째 되던 날 몰리는 인터넷 사이트의 비밀번호를 모두 바꾸었다. 두번째 남자는 너의 또다른 방이, 그렇게 표현했다 너의 또다른 방이라고, 닫힌 순간 모든 것이 끝장났다는 점을 인정하지 않을 수 없었다고 말했다. 그러고는 또 말했다. 네 일기 중에 사랑이 죽는 순간에 대해 쓴 것 있잖아. 미안한데 그거 나한테 좀 보내주면 안 되겠니? 간직하고 싶어서 그래. 그랬다가, 씨발 년, 너한텐 그 방에서 나를 쫓아낼 권리가 없어. 딴 놈이랑 붙어먹는 게 그렇게 좋냐? 너는 개쌍년이야. 제발 용서해줘. 설거지 안 한 거 미안해. 형광등 가는 거 그게 뭐라구. 정말 잘할게. 네가 하라는 건 뭐든지 할게. 네가 없으면 나도 없어. 네 앞에서 할복이라도 할까? 그 새끼 내가 가만 안 둬. 너도 그 새끼도 다 죽여버릴 거야. 보고 싶어. 미칠 것 같아. 너 때문에 아무 일도 못하겠어. 네 방에서 먹던 라면이 제일 맛있었어. 씨발, 그러면 라면이라도 끓여주든가. 이 씨발 세상 아 씨발, 비밀번호는 왜 바꿔! 했다.

　몰리는 두번째 남자는 궁금하지 않았지만 자신이 썼다던 글은 궁금했다. 블로그를 뒤져서 찾아낸 일기에는, 햇살에 노출된 그의 벗은 몸, 왼쪽으로 또는 오른쪽으로 휜 어린아이의 것과 같은 그의 성기, 잠든 그의 얼굴, 모든 게 아름답고 슬프다. 그러나 잠시뿐이다. 그의 고개가 베개 밑으로 툭 떨어질 때, 그때가 바로 그의 죽음의 순간이며 사랑의 죽음의 순간이다. 아니다. 사랑은 관념이고 그것을 증명할 수 있는 언어를 우리는 갖고 있지 못하므로 사랑은 존재하지 않고 존재하지 않는 것은 죽음의 순간을 소유하지 못한다. 단지 '그'라는 한 인간의 죽음만 있을 뿐이다, 라고 써 있었다. 몰리는 몇 번쯤 소리내어 읽다가 삭제 버튼을 눌렀고 집에서 나가 전화번호를 바꾸었다. 아무튼 두번째 남자와는 사랑하는 것보다 헤어지는 것이 더 열정적인 지옥 같았는데 그와의 이별에 성공한 후 몰리는 자신이 십 년 정도는 더 늙어버린 것을 발견했다.

악몽

악몽을 꾸지 않으려면 머리맡에 칼을 심어두거라. 굴드의 어머니는 악몽을 꾸지 않으려면 머리맡에 칼을 심어두라는 말을 유언으로 남겼다. 굴드는 그것이 자신에게 남긴 마지막 말로 매우 적확했다고 생각했다. 굴드는 꿈을 자주 꾸었고 그 대부분이 악몽이었고 악몽을 꾸고 난 날이면 늘 재수가 좋지 않았다. 악몽은 이명같이 따라붙어 굴드를 괴롭혔다.

이것은 19금 꿈입니다. 꿈은 내레이션으로 시작되었다. 꿈에서 굴드는 히스테리아 환자를 치료하기 위해 여성의 성기를 보고 또 보고 만지고 또 만져야 했다. 구불구불하고 무성한 털을 헤쳐 소음순과 음핵을, 검거나 분홍인, 실리콘을 지나치게 쏟아놓은 것처럼 돌출되었거나 야무지게 입을 다물고 있는 것들을 마사지했다. 여성이 히스테리를 발산할 수 있도록 충분히, 질이 열리는 것과 동시에 입이 열리고 소리가 열릴 때까지 충분히. 굴드는 희미한 달빛에 의지해서 해부학자가 상처를 살펴보듯, 뜨거운 갈망에 허기진 눈으로 음모 사이의 놀라운 분화구를 들여다보았다. 굴드의 페니스가 발기했고 치료대에 눕는 환자들이 늘어갈수록 고환 역시 맹렬히 부풀고 단단해졌다. 꿈에서 깨어났을 때 굴드는 자신의 손이 바지춤이 아니라 허공에 머물고 있는 것을 발견했다.

굴드는 침대에 누워서 19세기를 전후로 극심한 우울증과 무력감을 호소하는 여성들에게 자궁 치료법을 시술했다는 말을 떠올렸다. 히스테리아의 어원이 '자궁'이라는 것만 봐도, 당시 여성의 감정적인 혼란을 모두 성적 욕구와 관련시켰다는 점을 쉽게 짐작할 수 있었다. 그 말을 한 게 누구였더라. 여자였는데. 여자는 의사들이 환자의 회음부를 마사지하는 것에서 나아가 치료를 명목으로 진료실에서 공공연하게 섹스를 자행했다는 말도 덧붙였다. 미친 놈, 지금이 19세기인 줄 아나? 여자는 십 년도 더 된 일에 대해, 그러니까 고등학교 때 수술대에 누운 자신의 젖가슴을 주무르던 의사에게 분통을 터뜨렸다. 마취가 덜 풀려 혼미한 상태의 환자에게, 그것도 여고생에게 그런 파렴치한 짓을 저지르는 게 의사란 작자들이라고, 치질 수술을 한 것도 부끄러운데 그런 일을 당하고 보니 딱 죽고만 싶더라고, 여자는 분노했다. 그놈이 나쁜 거지 의사들이 다 그러는 건 아니잖아요. 누군가 끼어들자 여자의 분노는 극에 달했다. 의사들 중에 변태가 얼마나 많은 줄 알고나 하는 소리예요?

세상에 지저분한 짓은 다 하고 다니는 게 의사들이라고요. 사람을 비곗덩이로 본다니까요. 그때 페터가 굴드의 귀에 대고 속삭였다. 산부인과 의사가 됐어야 했는데 말입니다. 페터는 모든 여성의 질과 자궁을 섭렵하고 싶어했다.

꿈에서 정신과 의사 노릇을 하고 난 후 하루가 온통 악몽이었다. 발길 닿는 곳마다, 마주치는 여자마다 악몽이었다. 여자들의 입이 죄다 음부로 보였다. 여자들은 검붉은 음부를 움직이며 말을 내뱉었고 그곳으로 음식물을 밀어넣었고 사탕을 빨았다. 뜨겁고 움찔거리고 조이는 질. 욕망이 수시로 커졌다. 사정을 하기 전까지 발기 상태가 지속됐다. 화장실에 들어가 해결을 하는 것에도 한계가 있었다. 나중에는 귀두가 쓰라려서 걸을 때마다 온몸이 저릿저릿했다. 그러나 정작 굴드를 괴롭게 만든 것은 육체적 고통이 아니라 여성을 사물화한 것에 대한 죄책감이었다. 여자의 입안에 정액을 쏟고 난 후 느끼는 감정과 비슷했다. 굴드에게 그런 감정이 생긴 것은 북반구의 소도시에 떠돈다는 이야기를 듣고 나서부터였을 것이다. 그 도시의 여성들은 자신과 영혼이 맞붙었다고 생각되는 남성을 제외하고는 입안에 사정하는 것을 결코 허락하지 않는다고 했다. 정액이 위벽에 붙어 죽은 후에도 죽지 않고 살아 있기 때문이라는데, 생각하면 끔찍했다. 일순간 달아올랐던 몸의 축제가 어떤 사람의 몸속에서 불멸한다는 것, 아무런 의미도 지니지 못한 채 타인의 몸속에 완벽하게 갇힌다는 것, 그것은 자신의 유전자를 세대에서 세대로 전달하며 불멸을 꿈꾸는 것하고는 또다른 문제였다.

그날 밤 굴드는 꿈속에서도 자위를 했다. 몰리이거나 또다른 몰리일 수도 있는 어떤 여자를 상상하며 부지런히 손을 놀리고 있을 때 커다랗고 검은 눈동자가 공중에 떠서 굴드를 내려다보았다. 굴드는 소스라쳐서 몸을 일으키려 했으나 몸이 움직여지지 않았다. 굴드는 어머니를 불렀다. 소리가 나오지 않았다. 가위에 눌렸다는 생각이 들었다. 문득 가위에 눌렸을 때 발가락에 힘을 주면 벗어날 수 있다는 말이 떠올랐다. 발가락에 힘을 줘서 잔뜩 추켜세우고는 다시 한번 어머니를 불렀다. 어머니가 달려왔고 눈동자가 사라졌다. 어머니는 굴드의 옆에 누워 계속해서 굴드의 가슴을 토닥이며 괜찮다고 말했다. 그러나 굴드는 괜찮지 않았다. 눈동자가 사라지자 성욕이 다시 찾아왔던 것이다. 페니스에서 부끄러운 진동이 느껴졌다. 페니스와 고환이 끊임없이 팽창했다. 어떻게든 해결해야 했다. 굴드는 벌떡 일어나 가지 않는 어머니의 목을 졸랐다. 굴드의 페니스처럼 어머니의 힘줄도 팽팽하게 부풀었다.

꿈이었다. 굴드는 모든 꿈에서 깨어난 후 한동안 울었다. 목줄을 매서 육체가 일으키는 모든 역겨움을 죽이고 싶었다. 알람이 제때 울렸더라면, 어머니가 달려오기 전에 알람이 울렸더라면, 죽은 어머니의 목을 졸라 또다시 죽이는 일은 없었을 것이다.

굴드는 꿈에서 깰 때마다 자신이 어떤 퇴행 상태에 놓여 있는 것은 아닌가 자문했다. 사랑은 생리적인 욕구를 채우는 데 국한됐고 말수는 줄어들었으며 말을 하더라도 파도의 흐름을 타고 실체에 가닿거나 보다 높은 차원의 세계로 나아가지 못했다. 시간은 미래를 지향하고 있으나 굴드의 세계에서는 언제나 과거에 머물렀다. 유선형의, 대적할 수 없는 힘의 고리가 시간의 진행을 막고 있는 듯했다. 사실은 꿈조차 완전한 형태를 갖추지 못하고 부서져내렸다. 죽을 운명에 처한 문장들이 도처에 널렸고 전혀 움직일 생각을 하지 않았다. 굴드는 자신이 빈 존재이고 빈 존재로 살아남기 위해 육체는 번거로울 뿐이라고 생각했다. 자신의 육체가, 피와 뼈와 살로 이루어진 물질이 구차하고 번잡스러웠다. 시시때때로 찾아오는 이상한 기운, 가끔은 메스껍고 가끔은 간지럽고 가끔은 무거운 어떤 기운, 그 역시 불편했다. 굴드가 분명하게 알고 굴드를 유일하게 매혹하는 것은 죽음뿐이었다. 죽음만이 자신을 이 모든 피로에서 벗어나게 해줄 것 같았다.

문장들

내 등에 당신의 가슴이 밀착된 순간 모든 한숨이 멎었다. 그리고 나를 휘감은 당신의 두 팔 안으로 우주가 성큼 걸어들어왔다. 문장은 거기에서 나아가지 못했다. 첫 문장이었고 두번째 문장이었다. 남자와 여자를 어디에서 만나게 해야 할지, 둘의 사랑을 어떻게 시작하고 어떻게 끝내야 할지 감이 잡히지 않았다. 굴드에게 사랑은 하나같이 구토 유발자 같았다. 생각할수록 구역질만 나왔다. 그런 자신이 맹렬한 홀림, 전폭적인 믿음, 우리의 웃음과 기쁨과 눈물과 한숨에 대해, 뜻하지 않은 사건이 몰아붙이는 추억의 고단함과 배신과 그후로 쭈욱 불구인 사랑에 대해 어떻게 쓸 것인가. 굴드는 마지막 문장을 완성하기 위해 세번째 문장을 써야 했으나 문장은 두번째에서 나아갈 생각을 하지 않았다. 굴드는 첫 문장과 두번째 문장을 읽고 또 읽었다. 달래고 어르고 욕을 퍼붓고 매질을 하면서. 그래도 문장은 제 몸을 열어 보이지 않았다.

내 등에 당신의 가슴이 밀착된 순간 모든 한숨이 멎었다. 그리고 나를 휘감은 당신의 두 팔 안으로 우주가 성큼 걸어들어왔다. 줄 바꾸고. 네 방을 묘사하는 것으로 소설은 시작한다. 소설 속에 또다른 소설을 만들어넣는 것은 어떨까. 아니야. 새로운 형식도 아니고 또다른 이야기를 만들어낼 자신도 없었다. 내 등에 당신의 가슴이 밀착된 순간 모든 한숨이 멎었다. 그리고 나를 휘감은 당신의 두 팔 안으로 우주가 성큼 걸어들어왔다. 사랑은 때로 보폭 없이 달리는 오래달리기 같은 것. 이건 무슨 잠언 같군. 굴드는 썼던 문장을 지웠다. 굴드의 머릿속으로. 오래된 집의 외벽을 한동안 바라보고 싶다. 나는 당신을 집으로 도착시킨다. 당신의 집이 아닌 내 집으로. 내 집으로 도착시킨 당신을 밀폐 용기에 보관한다. 마주잡은 손안에 물고기알이 가득하다. 그것은 처음 마주친 악수였다. 기다리겠습니다. 도서관의 책들처럼 꽂혀 안절부절 기다리고 있겠습니다. 따위의 문장들이 두서없이 지나갔다. 그 무엇도 맘에 들지 않았고 그 무엇도 두번째 문장과 연결되지 않았다. 굴드는 첫 문장과 두번째 문장을 읽고 또 읽으면서 반나절을 보냈다. 반나절을 보내자 첫 문장과 두번째 문장 역시 쓰레기처럼 느껴졌다. 삭제하는 데는 단 일 초도 걸리지 않았다.

죽음의 이유는 어쩌면 뻔했다. 더이상 삶이 그다음 삶을 이어갈 언어를 찾지 못하기 때문이다. 쉽게 우리를 떠나는 언어 때문에,

떠나서 찾아오지 않는 언어 때문에 삶을 이어갈수록 불가피하게 삶을 잃을 수밖에 없는 것이다. 언어를 잃는 것은 목숨을 잃는 것이고 마찬가지로 언어를 잃는 순간 사랑을 지속하는 일도 불가능해진다. 언어를 잃지 않았다면 여자와 헤어지는 일도 없었겠지. 몇 번째 여자였는지 모르겠네. 아무래도 상관없는 여자였겠지. 달이 참 많네요. 굴드는 달이 참 많다는 말을 찾아낸 여자와 사랑에 빠졌다. 둥근 가로등이 일렬로 늘어선 모습에서 참 많은 달을 찾아낸 것도 놀라웠지만 여자가 그 말을 한 순간 떠오른 과거들은 놀랍고도 풍요로웠다.

굴드는 매일 소를 몰고 방죽으로 갔다. 소에게 풀을 먹이기 위해서였으나 정작 이유는 다른 데 있었다. 굴드의 아버지는 땅이 너희를 먹여 살린다며 툭하면 구 남매를 밭으로 내몰았다. 하지만 굴드는 밭일을 하는 것에는 신물이 났다. 형제들이 호미와 쇠스랑을 들고 밭으로 나갈 때 굴드는 소를 끌고 방죽으로 갔다. 방죽을 사이에 두고 왼편으로는 저수지가, 오른편으로는 잡풀 지대가 제법 커다랗게 형성되어 있었는데 굴드는 잡풀 더미에 소를 풀어놓고 방죽에 앉아 시간을 보냈다. 소는 늙고 게을러서 주변을 어슬렁거리거나 잡풀 사이에 자리를 잡고 앉아 있을 뿐 멀리로 달아나는 법이 없었다. 굴드는 고삐와 마음을 한꺼번에 풀어두고 잡풀 지대를 등지고 앉아 저수지를 바라보고는 했다. 저수지에는 커다란 구름들이 몰려다녔고 빛과 바람이 거침없이 쏟아졌다. 저수지는 대체로는 잔잔했으나 폭우가 쏟아질 때는 물방울을 맹렬하게 튕겨올리며 요동을 쳤는데 굴드가 소나기 퍼붓는 날을 좋아하는 것은 그 당시의 이미지 때문이었다. 굴드는 소나기가 쏟아지기 시작하면 잽싸게 일어나 소를 끌고 방죽 가장자리로 달려갔다. 그러나 소는 대가리로만 바쁜 시늉을 할 뿐 발은 느려터져서 굴드의 발은 두어 걸음 앞으로 내달았다가 소에게 끌려 제자리로 되돌아가고는 했다. 뛰란 말야, 멍청아! 굴드의 말소리는 소의 한 귀에서 다른 귀로 옮아갔다가 번번이 공중으로 흩어져서 굴드와 소가 방죽 가장자리에 다다랐을 때는 이미 머릿속까지 흠뻑 젖은 뒤였다. 굴드는 머리를 턴 후 늙은 나무 밑에 쪼그리고 앉아 저수지를 바라보았다. 빗방울이 저수지를 세차게 두드릴 때마다 물이 튀기며 하얀 김을 피어올렸고 굴드의 마음에도 연기가 서렸다.

굴드가 방죽에 앉아 주로 한 일은 책을 읽거나 소의 배에 기대어 낮잠을 자는 것이었다. 소의 배가 들락날락하는 것을 느끼며 굴드는 바다와 회전목마와 출렁다리 같은 것들을 상상했다. 한 번도 본 적 없는 것들이었으나 그런 것들을 상상할 때마다 배꼽 주위로 햇살이 기어다니는 느낌이 들었다. 그래도 책을 읽을 때만큼 환상적이었던 것은 아니다. 책 속에서는 아들이 아버지를 배반하고 청년이 사랑하는 아가씨와 함께 독약을 마시고 사람이 벌레로 변하고 한 남자가 좌도 우도 포기한 채 바다에 몸을 던지고 교황이 지옥 구덩이에 머리를 처박는 일들이 예사로 일어났다. 등을 쪼아대던 햇빛이 서서히 무뎌져서 어느 순간 등줄기가 서늘해지도록 굴드는 시간 가는 줄 모르고 책 읽는 일에 몰두했다. 시간이 흐름에 따라 책장은 엷은 살빛이었다가 점차 붉어졌고 한껏 눈을 오므려야 글자를 분간할 수 있을 정도로 캄캄해졌다. 그리고 글자를 구분할 수 없어질 정도로 어둠이 짙어지면 박꽃이 무더기로 피어올라 한 번도 마주친 적 없는 세계로 굴드를 이끌었다. 어둠 속에서 하얀 잎을 쩍 벌린 채 공중에 떠 있는 박꽃. 그것을 내려다보는 흰 달. 그 둘은 현실의 것이 아니라 현실 너머에 있는 환영처럼 보였고 외로움이나 그리움 같은 감정들을 불러와 굴드를 조금 더 낮고 고요한 내면으로 가라앉혔다. 가라앉은 굴드의 입에서 이전에는 알지 못했던 이방의 언어들이 튀어나왔고, 굴드는 몸을 부르르 떨었다, 나른한 열기가 굴드를 감쌌다. 평평한 고독이라고 불릴 만한 어떤 시간들이 굴드 앞에 펼쳐졌던 것이다.

여자가 찾아낸 말 때문에 잊고 있었던 과거가 또렷하게 살아났다. 굴드는 등에 닿은 햇살이 식어가는 것을, 박꽃이 뿜어내는 빛을, 개울 소리를, 달무리를, 소의 맥박을, 온몸으로 느꼈다. 행복이 무엇인지 알지 못하는 나이에 느꼈던 행복. 굴드는 과거라는 것이 어쩌면 몸으로 느끼게 되는 시간과 공간일지도 모르겠다고 생각했다. 그리고 그렇게 느껴진 시간과 공간들은 무수히 많은, 다채로운, 유연한, 그러면서도 강력한 언어를 만들어낸다고. 그러나 여자와는 과거라고 부를 만한 게 없었다. 도무지 쓸모라고는 없는 형태의, 아니 형태라고도 할 수 없는 만남들만, 아니 만남이라기보다는 접촉이라고 해야 적절한 그런 순간들만 있었을 뿐이다. 그 자리에 있는 줄도 몰랐다가 무엇인가 스쳐야 비로소 제 존재를 드러내는, 그러니까 내 존재를 증명해줄 그런 스침이 여자와는 일어나지 않았던 것이다. 굴드는 점차 말을 잃었고 여자는 그것을 사랑이 식었기 때문이라고 해석했다. 그것은 여자가 했던 말 중에 가장 의미 있는 말이었다.

창밖

그것은 자연의 에너지 이동 때문이에요. 몰리가 말했다. 네? 이해가 안 되는데요. 좀머가 턱을 만지작거리며 대꾸했다. 이를테면 이런 거죠. 목소리에 힘이 있고 발음이 또렷한 사람들은 1을 좋아할 확률이 높아요. 자연의 에너지를 나와 타자로 이분할하는 것이 그런 사람들의 속성이거든요. 그러니까 그들은 대체로 자기중심적이고 독선적이고 외골수인 경우가 많아요. 그렇지만 목소리에 힘이 있고 발음도 또렷한데 1이 아닌 숫자를 좋아하는 경우도 있을 수 있잖아요? 좀머가 한 손으로 턱을 괸 채 물었다. 그것은 일상적인 에너지 이동이 아니라 에너지의 굴절이나 변형과 관련이 있어요. 그러니까 여러 가지 변수를 고려해서 특이성을 찾아야 하죠. 그 사람이 지닌 신비한 모순들과 연관지어서요. 좀머는 턱을 괸 손을 내려 팔짱을 끼며 천천히 고개를 끄덕였고, 탁자 끝에 앉아 있던 굴드는 이 모든 게 헛소리에 불과할 뿐이라고 생각하며 버니니를 들이켰다. 굴드, 당신은요? 좋아하는 숫자가 뭐예요? 없습니다. 좀머가 물었고 굴드가 대답했다.

몰리의 목소리는 이상한 힘을, 그것도 힘이라면, 지니고 있었다. 어떤 이야기라도 몰리의 목소리로 말하게 되면 이상한 질감으로 변형되고는 했는데 그것 때문에 사람들은 몰리를 기이하게 여겼다. 확실히 몰리에게는 오컬트적인 면이 있었다. 몰리는 상대방의 목소리나 그가 좋아하는 숫자로 살아온 환경과 성격과 취향을 나아가 학업 수준이나 경제력 등을 알아맞힐 수 있다고 했다. 그 말에 사람들은 코웃음을 쳤다. 하지만 정작 몰리에게서 나온 말들은 대부분의 사람들에게 놀라움을 주었다. 굴드는 한 번도, 장난으로라도 몰리에게 자신이 좋아하는 숫자가 무엇인지 말한 적이 없었다. 몰리가 사람을 쳐다볼 때의 눈빛은 어디인가 형형한 데가 있었는데 그것은 피부를 뚫고 곧장 내부로, 자신이 한 번도 마주친 적 없는 자신의 영혼 정중앙으로 돌진해들어오는 듯한 느낌을 주었다. 그 때문에 굴드는 몰리와 눈을 마주치는 게 불편했다. 자신이 눈을 마주치지 않더라도 몰리는 어떤 방식으로든 자신을 뚫고 들어오리라는 예감이 들었으나 그렇다 하더라도 몰리가 꿰뚫은 자신의 내부 풍경을 몰리의 눈빛을 통해 마주하고 싶지는 않았다.

오늘 재미있는 사실을 하나 알게 됐습니다. 초두 효과라는 게 있는데 첫 이미지로 상대방에 대한 모든 것을 결정하는 거라고 하데요. 화장실에 다녀오던 페터가 자리에 앉기도 전에 큰 소리로 말했다. 그런데 그런 결정을 하기까지 걸리는 시간이 말이에요. 미국은 십오 초이고 일본은 칠 초인데 한국은 삼 초밖에 걸리지 않는다는군요. 페터가 정말 재미있어죽겠다는 표정으로 말했다. 빨리빨리 삼 초인 거예요. 정말 웃기지 않습니까? 몰리, 당신에게 내 첫인상은 어땠습니까? 몰리는 입을 비죽였다. 이런 질문은 항상 몰리를 난감하게 만들었다. 몰리가 대부분의 사람들에 비해 영적인 부분이 발달했다는 사실을 알고 난 후, 정작 몰리 자신은 전혀 그렇게 생각하지 않았는데, 사람들은 몰리가 자신을 어떻게 보고 느꼈는지에 대해 궁금해했고 거리낌없이 질문했다. 그러나 몰리가 늘, 모든 사람들에 대해 어떤 인상을 갖게 되는 것은 아니었다. 페터 역시 마찬가지였다. 분명히 페터를 처음 본 순간이 있었을 것이고 그에 대한 인상을 가진 적이 있었을 것인데 사실 페터에 대해 어떤 인상을 가졌었는지 몰리는 기억하고 있지 않았다. 글쎄요, 기억나지 않아요. 몰리가 웃으며 대답했다. 첫인상으로 모든 것을 결정한다잖아요. 그 말은 첫인상이 그 이후로도 그에 대한 인상을 좌우한다는 거 아니겠어요? 다시 말해서 지금 당신이 나에 대해 생각하는 그것이 첫인상이었을 거라는 말이죠. 그러니까 몰리, 지금 당신은 나에 대해 어떻게 생각하나요? 페터는 자신의 눈에 자기 자신을 담는 것에 더해 타인의 눈에 비치는 자신의 모습을, 자신이 원하는 방식대로 그 눈 안에 들어서는 것을 중요하게 여기는 것 같았다.

몰리는 말없이 담배에 불을 붙였다. 이것은 궁지에 몰릴 때마다 몰리가 하는 행동으로, 기호와는 별개의 문제였고 어떤 의미를 담고 있는 행동도 아니었다. 누군가가 다리를 떨거나 손톱을 물어뜯거나 코를 만지는 것처럼 몰리도 습관적으로 담배를 피웠다. 몰리는 자신이 담배를 끊는 일은 절대 없으리라고 확신했다. 날이 갈수록 자주 궁지에 몰렸고 그 궁지라는 것이 점점 더 사소하고 소소해졌는데 담배를 피우는 것처럼 무의미한 행동 말고는 그것에 대응하는 길을 알지 못했기 때문이다. 몰리, 나를 어떻게 생각하냐니까요? 페터는 체념하지 않고 채근했다. 생각해본 적이 없어요. 몰리가 담배연기와 함께 말을 내뱉었다. 나한테 그렇게 관심이 없어요? 나쁘게 생각하는 것보다 더 나쁘군요. 그때 좀머가 기동력을 발휘하며 끼어들었다. 무플이 악플보다 나쁘긴 하죠. 술이 올라 불그스레해진 얼굴을, 붉어져서 더 탐욕스러워 보이는 얼굴을 하고 페터가 몰리와 좀머를 번갈아 쳐다보았다. 몰리는 무표정한 얼굴로 담배를 피웠고 좀머는 마른 김을 집어 들었다.

　그런데 자네는 하는 일이 뭔가. 페터가 돌연 말을 낮추며 좀머에게 물었다. 없는데요. 없다니, 특정한 직업이 없다는 건가 아무 일도 하지 않는다는 건가. 아무 일도 하지 않는데요? 아무 일도 하지 않는다? 아르바이트 같은 것도 하지 않나? 네. 돈을 벌어본 적이 없다는 말이야? 예전엔 벌었죠. 지금은 벌지 않는다는 거군. 그럼 술값은 어떻게 감당하나? 하고 다니는 꼴을 보니 모아놓은 돈도 없는 것 같은데. 그건 제 문제인데요. 노동의 신성함이 뭔지도 모르는 모양이군. 저는 매 순간 시계를 쳐다보며 토끼처럼 뛰어다니고 싶지는 않아요. 살기 위해 짓눌려 있는 것처럼 보이거든요. 그냥 지금 이 순간에 하고 싶은 일을 할 뿐이죠. 그게 병균으로 득실거리는 자본주의의 중심에 서는 것보다 훨씬 의미 있게 느껴지거든요. 굴드는 버니니를 마시며 좀머와 페터를 번갈아 쳐다보았다. 페터는 붉은 얼굴을 잔뜩 찌푸린 채 입술을 움직거렸고 좀머는 싱글거리며 하이네켄을 들이켰다. 굴드가 보기에 다른 사람들이 가는 길을 가지 않는 데서 오는 불안감은 좀머를 좀먹지 못하는 것 같았다.

좀머는 한 달에 한 번씩 코케인에 모습을 드러냈다. 사람들은 멀리에서도 쉽게 좀머를 알아보고는 좀머다! 라고 외치고는 했는데 그것은 좀머의 얼굴에 특이점이 있어서가 아니라 좀머의 옷차림이 늘 똑같은 것에 기인했다. 무지개색 줄무늬 티셔츠, 빨간색 후드티, 청바지를 기본으로 여름에는 빨간색 후드티를 벗은 채로 나다녔고 겨울에는 그 위에 파란색 점퍼 하나를 더 걸치고 다녔다. 옷차림 외에 좀머를 알아보게 만드는 것은 경쾌한 걸음걸이였다. 좀머는 누군가가 위에서 잡아올렸다가 손가락을 퉁겨 내려놓는 것처럼 위아래로 통통거리며 걸었다. 인적이 제아무리 많은 곳이라 하더라도 무지개색 줄무늬가 통 튀어올랐다가 폭 가라앉는 것을 놓치기란 쉽지 않았다. 또하나 특이하다고 할 만한 것은 그의 머리카락이었는데 이것이 좀머를 어릿광대처럼 보이도록 만드는 데 기여했다. 다른 사람의 배는 될 정도로 숱이 많은데다가 기름기가 쏙 빠져 푸슬푸슬한 모발이 들쭉날쭉 좀머의 얼굴을 뒤덮고 있었다.

노동이란 말이야, 노동을 하지 않으면 말이야, 세 가지 문제가 발생하지. 그 첫째가 방황을 한다는 것이고 두번째가 나태해진다는 것이야. 마지막이 뭔 줄 아나? 마지막은 궁핍해진다는 거야. 노숙자들이 괜히 생기는 줄 아나? 그게 다 게을러터져서 그래. 노동의 신성함을 몰라서 그런 거라고. 그건 구조적인 문제인 줄 알았는데요. 좀머가 대꾸했다. 그건 게으른 놈들의 핑계일 뿐이야. 게으른 놈들은 싹 다 굶겨 죽여야 해. 술도 아깝지. 페터가 좀머의 술병을 바라보며 말했다. 아무튼 저는요, 미래를 잘살기 위해 현재의 시간을 쪼개고 할애하고 단축한다는 것 자체가 지독하게 품위 없는 짓처럼 여겨져요. 좀머가 상체를 뒤로 젖히며 말했다.

심드렁하게 앉아 있던 몰리가 굴드의 맞은편으로 자리를 옮겼다. 탁자 위에는 담배꽁초가 수북하게 쌓인 재떨이와 빈 버니니병 다섯 개와 굴드의 팔꿈치가 놓여 있었다. 굴드는 버니니를 집어들었다. 병은 비어 있었다. 굴드는 빈병을 다른 빈병 옆에 나란히 세워두고 냉장고로 가 버니니만 두 병을 가져왔다. 몰리는 굴드의 모습을 눈으로 좇다가 빙긋 웃으며 휴대폰을 들어 굴드의 얼굴을 확대한 후 셔터를 눌렀다. 날카로운 빛이 굴드를 향해 쏜살같이 날아들었다. 굴드가 눈살을 잔뜩 찌푸렸다. 뭐하는 겁니까? 사진 찍었

잖아요. 그러니까 왜, 허락도 없이 남의 사진을 찍느냐고 물은 겁니다. 사진은 눈에 보이지 않는 것들을 보여주거든요. 재미있잖아요. 말을 마친 몰리의 얼굴이 잠깐 어두워졌다.

몰리는 사진에 찍힌 자신을 볼 때마다 평소에 알고 있던 자신과는 다른 얼굴에 놀라고는 했다. 거울로 볼 때와는 다른 느낌이었다. 훨씬 부자연스러워 보였고 훨씬 우울해 보였고 훨씬 무뚝뚝해 보였다. 사진 속의 몰리는 갈수록 몰리에게 마주치고 싶지 않은 진실을 폭로했는데, 그것은 생기의 고갈과 젊음에 대한 끈덕진 미련과 그러함에도 견고하게 자리잡은 늙음에 관한 것이었다. 이제 누구도 무엇도 매혹할 수 없으리라는, 가득찬 허무 같은 것들 말이다. 몰리는 휴대폰을 들여다보았다. 사진 속의 굴드 역시 까칠하고 탄력이 없어 보이는 피부에 표정마저 피로하고 심술궂어 변덕 많은 늙은이를 연상하게 만들었다. 몰리는 미소를 지으며 자신의 휴대폰을 굴드에게 내밀었다. 됐습니다. 굴드는 창밖으로 시선을 던졌다. 보라니까요. 이상할 거예요. 보세요. 몰리가 상체를 숙인 채 팔을 뻗어 굴드의 코밑까지 휴대폰을 들이댔다. 굴드는 마지못해 휴대폰을 받아들었다. 왼쪽 볼은 조명을 받아 빛나고 오른쪽 볼에는 그늘을 드리운 굴드가 굴드를 바라보고 있었다. 굴드가 잔뜩 인상을 찌푸리며 사진을 지우려는 순간 몰리가 휴대폰을 가로챘다. 남의 사진은 왜 지워요. 누구 사진이라구요? 남의 사진요, 내 사진요. 그러니까 지금 내가 당신 거라고 말하는 거군요. 나에 대한 소유권을 주장하는 겁니까? 굴드가 느닷없이 웃음을 터뜨렸다.

어떤 여자가 있었습니다. 한참 동안 웃음을 참지 못하고 킬킬거리던 굴드가 웃음을 멈추고 자세를 고쳐 앉으며 말했다. 여자는 늘 내게 창밖이라는 단어가 주는 느낌에 대해 물었습니다. 내가 창밖에 펼쳐진 풍경과 그것의 느낌을 말하면 창밖이라는 단어 자체가 주는 느낌이 어떤지 고쳐 묻곤 했지요. 글쓰는 분이었나요? 몰리가 물었다. 그렇다고도 아니라고도 할 수 있습니다. 늘 글을 썼지만 그 글을 가지고 무엇을 하려는 욕망은 없었습니다. 그러니까 딱히 글쓰는 사람이라고 할 수는 없지만 늘 글을 쓰고 있었으니 글쓰는 사람이라고 해도 틀린 건 아닐 겁니다. 아무튼 여자는 늘 내게 창밖이라는 단어가 주는 느낌이 어떤지 물었습니다. 창밖이라는 단어가 주는 느낌이 어떤가요? 몰리가 물었다. 내가 말하고 싶은 것은 창밖이라는 단어가 주는 느낌에 대해 묻던 여자에 관한 것입니다만. 창밖이라는 단어가 주는 느낌에 대해 말하는 것도 그 여자에 관해 말하는 것 아닌가요? 창밖이라는 단어가 주는 느낌에 대해 말하는 것이 그 여자에 관해 말하는 데 조금 더 수월한 길이 될 수도 있겠군요. 굴드가 몰리의 말에 수긍하며 창밖이라는 단어가 주는 느낌에 대해 말하기 시작했다. 창밖은, 그러니까 창밖이라는 단어는, 창밖은 창문의 밖을 의미하는 것이니 필연적으로 이곳 너머를 함축할 수밖에 없습니다. 너머는 내가 속한 곳과는 별개의 곳이고 말이지요. 나와 상관이 있을 수도 있지만 대부분은 나와는 상관이 없는 세계입니다. 그건 좀 말이 안 되는데요. 몰리가 끼어들었다. 지금도 저 문을 열고 계단을 내려가면 창밖의 세계에 속할 수 있잖아요. 내가 거기 있다고 해서 과연 내가 거기와 상관있다고 말할 수 있을까요? 창밖의 세계는 나와 무관하게 존재합니다. 내가 이 세계에서 사라져도 창밖의 세계는 여전히 존재할 것이고 내가 이 세계에 존재한다 해도 창밖의 세계는 언제든 사라질 수 있습니다. 서로 묶여 있는 관계가 아니라는 말입니다. 몰리는 그것이 공허한 말장난에 불과하다고 생각했다. 그러나 아예 이해 못할 일도 아니었고 그것이 중요한 것 역시 아니었으므로 잠자코 굴드의 말에 집중했다. 나와는 무관한 세계가 멀지 않은 곳에 존재한다는 것, 그것이 나를 두렵게 만듭니다. 어쩌면 나는 영원히 저 세계에 속할 수 없다는 것, 내가 저 세계에 속한 게 아니라면 과연 내가 존재하고 있다는 것을 어떻게 증명할 것인가 하는 것, 그런 것들이 말입니다. 꿈 밖에서 꿈 안을 들여다보는 것처럼 나는 그것에 관여할 수 없고 그곳에 나를 놓아두거나 그곳에서 나를 잡아올릴 수도 없습니다. 나는 창밖의 세계뿐만 아니라 창밖을 생각하고 있는 나 자신에게도 온전히 속할 수 없는 것입니다. 악몽 속에서 공포로 떨고 있는 나에게 내가 해줄 수 있는 일이 아무것도 없는 것처럼 말입니다. 너머의 세계에 속할 수는 없나요? 몰리가 물었다. 창밖의 비를 맞는다고 해서 내가 비가 되는 기적이 일어나는 것은 아니니까요. 굴드는 버니니를 한 모금 들이켜고 창밖으로 시선을 던졌다.

그러고는 그 상태에서 말을 이어나갔다. 여자는 내가 악몽을 꿀 때마다 가슴을 다독여주었습니다. 한 번도 등을 돌리거나 모른 척하지 않았습니다. 나는 여자의 손길을 느끼며 서서히 악몽에서 깨어났지요. 악몽에 짓눌려 있는 나를 깨워 다시 현실로 불러들인 것이 여자였던 것입니다. 여자는 내게 궁금한 것은 그것 하나뿐이라는 듯이, 그것을 묻기 위해 내게 온 사람처럼 늘 창밖이라는 단어가 주는 느낌에 대해 물었습니다. 내가 어떤 답을 해도 화를 냈고 중간에 그만둬도 화를 멈추지 않았지요. 나는 여자에게 제대로 된 답을 한 번도 해주지 못했습니다. 제대로 된 답이 없었으니까 말입니다. 그걸 여자도 알고 있었을 겁니다. 여자가 나를 악몽 속에서 잡아올리는 일이 영원히 지속되지 않으리라는 것을 내가 알고 있었던 것처럼 말입니다. 굴드는 거기에서 말을 끊고 버니니를 들이켰다. 몰리는 버니니를 쥔 굴드의 손에 힘이 들어가는 것과 굴드의 시선이 다시 창밖으로 향하는 것을 지켜보았다.

그후로 굴드는 말없이 버니니만 들이켰다. 그러고는 비틀거리며 일어나 계산을 하고 문을 나섰다. 계단이 움직였다. 굴드가 발을 떼면 계단은 저만치 달아나고 굴드가 가까스로 계단을 밟으면 그다음 계단이 멀리에서 흔들렸다. 발을 헛디디고 굴드의 몸이 균형을 잃었다. 그때 누군가가 굴드의 팔을 잡아챘다. 몰리였다. 굴드는 몰리에게 한쪽 팔을 잡힌 채로 다른 쪽 팔로 몰리의 팔을 붙잡았다. 몰리를 잡은 손에 힘이 가해졌다. 몰리는 가만히 서 있었

다. 굴드 역시 가만히 서 있었다. 가만히 서서 비틀거렸다. 몰리가
붙잡힌 팔을 빼 다시 굴드의 팔을 붙잡았을 때 굴드의 혀가 몰리의
입술을 비집고 들어갔다. 뜨겁고 축축한 혀가 의욕만 넘치는 겁쟁
이처럼 바쁘게 움직였다. 몰리는 입술은 물론이고 볼까지 푹 젖은
채로 굴드가 자신의 티셔츠를 걷어올리고 젖가슴을 움켜쥐는 것을
방치했다. 잠시 후 굴드는 젖가슴을 움켜쥐었던 손에서 힘을 풀고
몰리의 어깨에 머리를 얹은 채 한동안 숨을 몰아쉬었다. 몰리가 축
늘어뜨렸던 팔을 들어올려 굴드의 등을 토닥였다. 창밖은…… 창
밖은요, 악몽이에요. 굴드가 말을 하는 것과 동시에 몰리에게서 몸
을 떼고는 비틀거리며 계단을 내려갔다.

속도

좀머다! 굴드는 외쳤다. 그러고는 곧 주위를 살폈다. 몇몇 사람
이 굴드를 쳐다봤고 몇몇 사람은 굴드의 시선이 향한 쪽으로 고개
를 돌렸다. 좀머는 놀이터를 빙 둘러싸고 있는 화단에 엉덩이만 간
신히 걸치고 앉아 머리와 어깨와 팔과 다리를 과도하게 움직이며
힙합퍼들의 춤 배틀을 구경하고 있었다. 무지개색 줄무늬 티셔츠
에 청바지 차림이었는데 왼쪽 바짓가랑이를 걷어올려 종아리가 다
드러난 채였다. 굴드가 보기에 그 종아리는 좀머와 어울리지 않았
다. 털이 무성했고 혈관도 불거져 억세 보였다. 또한 유독 가느다
란 발목이 탄탄한 종아리를 돋보이게 했다. 굴드는 자신의 하얗다
못해 파리한 다리를 떠올렸다. 웬만한 여자 다리보다 매끄럽고 곧
아서 각선미가 훌륭하다는 말도 종종 들었는데 굴드에게는 그 말
이 칭찬이 아니라 험담으로 느껴졌다. 그것은 활기 있는 젊음에 대

한 찬사가 아니라 미숙하고 미욱한 소년에 대한 조롱이었다.

굴드는 인상을 쓴 채 혼잡한 사람들을 뚫고 좀머 곁으로 다가갔다. C'mon Baby! 굴드를 발견한 좀머가 몸을 움직여 자리를 마련해주었다. 그러고는 힙합퍼들이 한 명씩 나와 춤을 출 때마다 C'mon Yo! Ma Baby! Wassup Yo! 따위의 말을 지껄이며 공중을 향해 손가락을 찔러댔다. 굴드는 좀머의 고함이나 힙합퍼들의 춤보다는 조악한 스피커를 찢어대며 울리는 음악소리에 더 신경이 쓰였다. 밸런스가 맞지 않아 소리는 날카롭고 뾰족한 채 공기를 가르고 귓속으로 내리꽂혔다. 노골적이고 냉담한 어휘들에 직면했을 때의 반발심 같은 것이 굴드에게 차올랐다.

굴드가 어질어질한 음악에 넌덜머리를 낼 즈음 좀머가 굴드의 어깨를 쳤다. 가지 않을래요? 좀머는 곁에 세워두었던 자전거를 끌며 앞서 걸었다. 좀머의 어깨는 넓다고는 할 수 없었으나 활짝 펼쳐진 채였고 어깨에서 팔뚝으로 이어지는 선은 부드러웠으나 잔근육이 뻗어 있어 탄탄해 보였다. 등줄기 역시 곧고 팽팽했으며 엉덩이는 보기 좋게 솟아 있었다. 코케인의 어두운 조명 아래에서와는 달랐다. 표정은 여전히 고적해 보였으나 몸은 질서정연하고 아름다웠다. 굴드는 좀머의 뒷모습을 물끄러미 바라보며 좀머를 뒤따라 걸었다.

좀머가 오래된 빌라 앞에서 걸음을 멈추고 자전거를 세웠다. 그러고는 자전거에 매어놓은 힙색에서 소시지를 꺼내들고 외쳤다.

콜타르, 콜타르! 얼마 지나지 않아 새카만 고양이 하나가 나타났다. 고양이는 경쾌한 걸음으로 좀머를 향해 다가오다가 굴드를 발견하자 걸음을 멈추고 꼬리를 치켜들었다. 한눈에 보아도 살이 올라 몸집이 두툼하고 털에 윤기가 도는 놈이었다. 좀머는 고양이와 일정 거리를 유지한 채 소시지 껍질을 벗겨 발밑에 놓아두고는 자전거 지지대를 올린 뒤 자전거에 훌쩍 올라탔다. 굴드는 고양이와 좀머를, 좀머와 자전거를 번갈아 쳐다보다가 질문에 대한 답을 기다리는 사람처럼 좀머에게 시선을 고정했다. 걱정하지 마세요. 자전거를 타고도 당신보다 천천히 갈 수 있으니까요. 자전거는 어디서 난 겁니까? 굴드는 궁금하지도 않은 것을, 다만 멋쩍은 시간을 쫓아내기 위해 묻고 있는 자신을 발견했다. 천변 건너에 있는 아파트 단지에서요. 일주일에 한 번씩 단지를 도는데 가끔 쓸 만한 물건들을 발견하거든요. 거실 소파도 바꾸고 싶은데 어머니가 질색을 하셔서. 좀머에게는 불필요한 말을 하지 않고도 필요 이상의 말을 하는 재주가 있었다. 그것은 대체로 사람들에게서 번거롭고 지루한 시간을 거둬갔지만 가끔은 사람들 사이의 접착제 역할을 하는 시시껄렁하고 사소한 농담까지 차단하기도 했다. 굴드는 달리 할말이 없어서 입을 다물었다.

굴드는 쇼윈도에 진열된 봄옷들을 건성으로 훑으며 걸었다. 거의 여자옷이었는데 톤이 다운된 파스텔컬러와 플로럴 패턴이 대부분이었다. 거리를 걷고 있는 사람들 역시 별다르지 않았다. 환하고 밝았다. 굴드는 자신만 동떨어진 세계에 사는 것 같아 씁쓸해졌다. 쇼윈도에 비친 자신을 무시하려고 애쓰며 그러나 아주 무시하지는 못하면서, 검고 칙칙한 자신에게서 고개를 돌렸다.

좀머는 굴드가 바라보는 곳에 시선을 주며 굴드의 속도에 맞춰 자전거 페달을 밟았다. 간혹 굴드보다 앞으로 나아갔고 간혹은 굴드보다 뒤처졌다. 등을 약간 굽히고 팔은 대퇴부에 붙인 채 움직임이랄 것 없이 걷고 있는 굴드를 보고 있자니 마음이 복잡해졌다. 좀머가 보기에 굴드는 자기 자신이나 세상에 대해 무심한 것처럼 보이려고 애썼으나 대부분은 세상에 화가 난 사람 같았다. 무엇에 대해 화를 내고 있는 것인지는 알 수 없었다. 하지만 좀머는 굴드의 군게 다문 입을 보면서 말없이 사라지는 등을 보면서 힘겹게 분노를 참고 있는 맹수의 이빨을 상상했다. 그것은 어쩌면 메트로놈의 혀처럼 도식적이고 반복적이어서, 권태롭고 무료한 것이어서, 맞서 싸울 힘을 끌어들이지도 못하는 이상한 형태의 분노일 수도 있었다. 좀머는 자신이 굴드에 대해 생각하는 것이 종종 찜찜한 감정을 불러왔다는 사실을 떠올렸다. 종종걸음을 치면서 삶에 매달리는 이들에 대한 연민이 사실은 전폭적으로 삶에 속하지 못하는 자신을 감추기 위한 가면은 아닌가 하는 의심이 들었기 때문이다.

바람이 차군요. 커피 볶는 집 앞을 지나던 굴드가 말했다. 바람이 차네요. 좀머가 두 손을 비비며 말했다. 굴드는 고개를 돌려 좀머를 바라보고는 커피 볶는 집으로 들어갔다. 좀머는 자전거에서 다리 한 짝을 내린 채 엉거주춤 서 있다가 지지대를 내려 자전거를 받쳐두고는 굴드를 따라 들어갔다. 테이블 뒤에서 짧고 새카만 머리를 가지런히 빗어 넘긴 남자가 종이컵 두 개에 커피를 내리고 있었고 굴드는 그 앞에서 커피를 기다리고 있었다. 커피향이 좋네요. 네. 좀머가 말했고 굴드가 대꾸했다. 제 건 제가 계산할게요. 좀머가 말했다. 아니요. 제가 주문한걸요. 제가 계산하겠습니다. 두 잔을 다 드실 게 아니라면 제 건 제가 계산하는 게 맞아요. 제가 대접하는 겁니다. 백수생활의 제일 원칙은 남에게 신세를 지지 말자는 거거든요. 제 건 제가 계산하는 게 편해요. 굴드는 테이블에서 한 발 옆으로 물러섰고 좀머가 자기 몫의 커피값을 치르고 난 뒤에 카드를 내밀어 계산을 마쳤다.

커피 볶는 집에서 나온 후 굴드는 빠르게 걸어 앞서나갔다. 좀머는 한 손으로는 종이컵을 들고 다른 한 손으로는 자전거 핸들을 잡은 채 굴드를 놓치지 않기 위해 서둘렀다. 굴드는 커피를 마시기 위해 짬짬이 걸음을 멈춰야 했는데 좀머 역시 그 틈을 놓치지 않고 커피를 홀짝거렸다. 찬 공기와 커피향이 만나자 몸살이 난 것처럼 몸이 나른해졌다. 참 좋네요. 좀머가 말했고 굴드는 대꾸하지 않았다.

굴드는 갈림길에서 오른쪽으로 몸을 틀고 물었다. 어디로 가실 겁니까? 좀머는 굴드의 얼굴을 잠깐 주시하다가 어깨를 으쓱 들어올리며 대답했다. 어디로든요. 햇빛이 좋으니까요. 그러고는 세상에 걱정이라고는 없는 표정을 하고는 굴드와는 다른 방향으로, 왼쪽으로, 햇빛을 향해 자전거 페달을 밟았다.

몽상

   살갗에 와닿는 공기가 눅눅하고 후텁지근했다. 봄이 지나고 여름이 오고 있었다. 굴드에게 여름은 언제나 희미한 어떤 것이었다. 바라보는 시선이나 바라보이는 시선 모두 희미했고 호흡도 희미했고 사람도 희미했고 대기도 희미했고 지하철이 멈춰 서는 순간도 희미했고 창밖에서 사람들이 웅성이는 소리도 희미했고 빗물 너머의 풍경도 희미했고 가슴을 관통하며 사라지는 떨림도 희미했고 문장들도 희미하기만 했다. 정신은 꽉 막혀서 출구를 찾지 못했고 산소 부족으로 피부는 점점 검푸르게 변해갔다. 모든 것이 저 깊은 밑바닥을 향해 내려가는 듯했다. 무력했다. 모든 희미함이 여름의 무력감을 완벽하게 만드는 데 기여하는 것 같았다. 비극으로 향하고자 하는 유혹마저도 무력하게 만들면서 희미하게, 희미한 여름들이 지나갔다. 굴드에게 여름이란 그런 것이었다.

거리는 비교적 한산했다. 드문드문 하나인 사람들이 둘인 사람들이 몇몇의 사람들이 천천히 지나갔고 꼬리에 꼬리를 무는 차들도 없었다. 모든 것이 희미해지기 위한 준비를 하고 있는 것 같았다. 굴드는 빨라지려는 걸음을 붙잡아 속도를 조절했다. 천천히 걷다가, 천천히 걷다가, 천천히 걷다가, 굴드는 편의점 앞에서 걸음을 멈추었다. 편의점 앞에 놓인 파라솔 밑에서 두 남자가 맥주를 들이켜고 있었다. 또다른 남자는 건물 구석에 서서 담배연기를 내뿜었다. 무엇인가에 쫓기듯, 들켜서는 안 될 어떤 일을 하고 있기라도 하듯 주변을 탐색하며 담배연기가 성급하게 흩어졌다. 그 모습을 보자 무엇인가 위험한 고비를 지난 뒤에 오는 허탈감 같은 것이 굴드를 사로잡았다.

난 당신이 왜 사랑과 섹스를 분리해서 생각하는지 모르겠어요. 섹스를 할 때 당신과 내 뼈가 부딪치는 순간이 있잖아요. 난 그럴 때마다 장작 타는 소리를 들어요. 불꽃이 일면서 주위가 환해지고 살갗이 따뜻해지는 것 같아요. 그러니까 말이에요. 섹스는 충만한 두 육체가 아니라 결핍된 두 육체가 이루어내는 위로와 호소일 때 비로소 아름다워지는 법이라고 생각해요. 그러니까 말하자면요. 지친 목숨을 이어가게 만드는 인큐베이터 같은 것 말이에요. 난 그게 섹스라고 생각해요. 영혼과 영혼이 만나지 못한다면 그건 불구의 섹스인 거잖아요. 여자는 횡설수설했다. 몇번째 여자였는지 모르겠네. 아무래도 상관없는 여자였겠지. 굴드는 몇번째 여자였는지 모를 어떤 여자가 한 말을 떠올렸다. 그 비슷한 얘기를 다른 여자들에게서도 들었던 것 같다. 결국 그 여자와도 다른 여자와도 헤어졌고 모든 여자들과 헤어졌을 때 굴드는 비로소 안도감을 느꼈다. 그러나 그런 안도감은 얼마 가지 않아 자신에 대한 분노로 이어졌고 굴드는 분노가 일 때마다 자신의 몸을 어떻게 해결해야 좋을지 몰라 전전긍긍했다. 분노가 다른 사람을 향한 것일 때는 그나마 건강했다. 여자들이 자신의 마음을 떠보려 할 때나 확인하려 들 때 굴드는 여자들에게 화를 냈다. 제발 좀 그만해. 굴드가 화를 내면서 가장 많이 한 말은 제발 좀 그만하라는 것이었다. 굴드는 여자들에게 화가 났고 그래서 화를 퍼부었다. 그럴 만한 힘이 있었으니까. 하지만 분노가 자신을 향한 것이 되자 굴드는 무기력해졌고 시시때때로 눈물이 흐르기도 했다.

사랑을 말할 때 여자들은 아이누어나 싸오이치어나 포아어나 프농어 같은 소수민족의 언어를 구사했다. 그런데 매달 두 개의 소수민족어가 소멸하는 반면 사랑에 대해 여자들이 구사하는 언어들은 점점 난해해지면서도 더욱 부흥하고 강력해졌다. 굴드는 남과 다른 여자가 아니라 남과 다르지 않을 때 더욱 빛이 나는 여자에게 끌렸지만 사랑과 관련해서 모든 여자들은 남과 다르지 않았으며 남과 다르지 않게 진부하고 상투적일 뿐이었고 강아지나 죽이는 도살자에 불과했다. 하나같이 천박해. 굴드는 하나같이 천박하다는 말을 침과 함께 내뱉고는 편의점에 들어가 맥주 한 캔을 사들고 나왔다.

왜 하나뿐인 게냐. 내 입은 똥구녕으로 보이는 게냐. 구멍만 뚫
린 코를 벌름거리며, 초점이 없는 눈을 희번덕거리며, 거무죽죽한
선 하나가 간신히 그어졌을 뿐인 입으로 사내가 말했다. 사내는 초
봄에 보았을 때와 마찬가지로 목이 늘어날 대로 늘어난 티셔츠와
때가 꼬질꼬질한 점퍼를 입고는 굴드의 앞을 가로막았다. 그런데
이놈의 영감탱이가…… 굴드는 아직도 정신을 못 차렸나라는 말
을 속으로 삼키고는 편의점에 들어가 사내 몫의 맥주를 사들고 나
왔다. 사내는 눈을 번질거리며 맥주를 받아들고는 단숨에 들이켰
다. 음, 호프를 원액 그대로 숙성시켜서 풍미가 아주 깊군. 사내가
더할 나위 없이 진지한 표정으로 말했다. 굴드가 맥주를 마시다가
내뿜었고 사레에 걸려 쿨럭거렸다. 물에 체해도 죽는 법이거늘. 굴
드의 등에서 사내의 두툼한 주먹이 느껴졌다. 한참 만에 기침을 멈
춘 굴드가 눈물이 그렁그렁해진 채로 사내를 쳐다봤는데, 사내의
얼굴을 바라보자 또다시 웃음이 맥주 거품처럼 차올랐다. 네가 맥
주 하나는 잘 고르는구나. 굴드가 비실거리며 웃고 있는 틈을 타
사내가 굴드의 손에서 맥주를 빼앗아 벌컥벌컥 들이켰다. 굴드는
아무 말 없이 편의점으로 들어갔다. 사내는 편의점 밖에서 편의점
안을 기웃거리며 굴드가 맥주를 골라 계산대 앞으로 가는 모습을,
카드를 내밀고 카드를 받고 다시 맥주를 들고 문을 나서는 모습을
지켜봤다. 편의점에서 나온 굴드는 히죽거리며 서 있는 사내를 향

해 찡그린 인상과 함께 맥주 한 캔을 건넸다. 사내는 느긋하게 맥주캔을 따서 천천히 한 모금 마셨다. 그러고는 파라솔 밑에 펼쳐진 의자에 엉덩이를 깊숙하게 밀어넣었다.

오늘은 어디 안 가나. 한참 만에 굴드가 물었다. 오늘은 가는 날이 아니라 머무는 날이다. 공기가 눅눅해지면 산책을 멈춰야 해. 사내가 대답했다. 그럴듯했지만 그럴 만하게 눅눅한 날씨는 아니었다. 그리고 아마도 좀머 같으면 이런 날에는 전속력으로 내달려 땀을 뺀 뒤 그 안을 활기로 채웠을 것이라고 굴드는 생각했다. 돈은 좀 있느냐? 사내가 물었고 굴드가 고개를 끄덕였다. 사내는 불콰해진 얼굴로 따라오라는 시늉을 하며 앞서 걷기 시작했다. 굴드는 맥주캔을 어찌해야 좋을지 몰라 망설이다가 사내가 캔을 들고 가는 모습을 보고는 캔의 윗부분을 다섯 손가락으로 대충 쥐고 사내를 쫓았다. 사내는 버스 정류장에서 걸음을 멈췄다. 어디 가는 거야? 가지 말아야 할 데라도 있는 게냐? 굴드는 입을 다물었다.

버스에 오른 후 사내는 뒤에서 두번째 좌석에 자리를 잡았고 굴드는 맨 뒷자리에 사내와 비껴 앉았다. 하지만 한 정거장도 가지 못해 사내가 굴드 옆으로 자리를 옮겨 앉았다. 저 양버즘나무의 정강이를 좀 보아라. 굴드는 창밖을 바라보고 있었으나 어디로 시선을 주어야 할지 몰라 우왕좌왕했다. 저 가로수 말이다. 저게 양버즘나무다. 플라타너스를 말하는 것 같았다. 농부의 손처럼 투박하고 넙데데한 잎사귀들이 축축 늘어진 채로 햇빛을 빨아들이고 있었다. 나무껍질이 벗겨져서 허옇지? 건강한 나무일수록 잘 벗겨진다. 건강할수록 잘 벗지. 그래서 잘 보인다. 네놈은 잘 안 보인다. 뭔 소리야? 헛소리나 할 거면 저리로 가. 굴드가 짜증을 냈다. 짜증을 낸 놈이 가야지. 굴드는 벌떡 일어나 사내가 처음 앉았던 자리에 엉덩이를 걸쳤다가 다시 일어나 일인석으로 옮겨 앉았다. 차창밖으로 가로수들이 빠르게 지나갔다. 굴드는 자꾸만 양버즘나무의 정강이로 가려는 시선을 붙잡아 여자들의 정강이로 옮겼다. 그리고 그 시선을 좀더 올려 허벅지를 감상하기도 했다. 바보 같은 놈. 어느새 굴드의 뒷자리로 옮겨 앉은 사내가 굴드의 좌석에 상체를 바투 붙이고서는 통을 주었다. 굴드의 귓가에 뜨거운 입김이 끼쳐왔다. 건강할수록 잘 벗는 법이다. 벗지 못하는 건 두려움 때문이지. 껍질을 벗고 허예진 정강이를 좀 보아라. 벗는 중이라는 것을 감출 생각도 하지 않잖니. 굴드는 편의점 앞에서 사내를 내치지 못한 자신이 원망스러워졌다. 맥줏값도 아까웠다. 이게 다 희미해지기 시작한 계절 탓이라고, 아무것에도 대항하지 못하게 만드는 희미함 탓이라고, 아무것도 생각하지 못하도록 꽉 찬 희미함 탓이라고 생각했다. 그래도 네놈은 네덜란드 놈들처럼 짠돌이는 아니라서 좋구나. 그놈들이 더치페이를 하는 건 짜서 그렇지. 네놈이 영국 놈들처럼 요리를 못하는 게 아니라면 더 좋을 텐데. 잘해도 영감탱이한테 요리를 해줄 일은 없을 테니 신경 끊어. 굴드는 몸을 앞으로 기울여 사내의 뜨거운 입김에서 벗어난 후 다시 여자들의 정강이를 찾아 눈을 굴렸으나 얼마 가지 않아 졸음이 쏟아졌다. 굴드는 뒤통수에 달라붙은 잠을 떼어내느라 고개를 바짝 쳐들었다가 다시 폭 고꾸라졌다. 잠이 굴드의 뒤통수를 짓눌렀다. 굴드는 창문에 머리를 찧으며 허공에 머리를 박으며 한동안 잠에 빠져들었다. 바보 같은 놈. 이번에 내릴 거다. 사내가 굴드의 뒤통수를 치며 말했다. 그제야 굴드는 머리를 치켜들어 좌우로 흔든 다음 마른세수를 하고는 눈을 부릅떴다. 잠이 들기 전과 별다를 것 없는 풍경들이 천천히 지나갔는데, 그때보다는 조금 더 복잡하고 조금 더 남루해 보였다. 굴드는 버스가 멈추는 것을 기다렸다가 사내를 따라 서둘러 내렸다.

이런 제길. 굴드는 버스에서 내려 몇 발자국쯤 걷다가 교통카드를 정산하지 않았다는 사실을 떠올렸다. 별일 아니었는데도 몹시 화가 났다. 사내는 굴드의 낭패에는 아랑곳하지 않고 돌담길을 따라 부지런히, 그러나 돌담길을 따라 늘어선 좌판을 꼼꼼히 살피며 걸었다. 좌판 위에는 낡은 옷과 신발과 가방이 제 무게를 못 이겨 축 늘어진 채로 쌓여 있었다. 영감하고 아주 잘 어울리는 곳으로 날 데려왔군. 굴드가 비아냥거렸다. 멍청한 놈. 거칠고 투박한 곳에 사람이 있는 게다. 사내가 던지듯 내뱉고는 왼쪽 골목으로 방향을 틀었다. 그곳에는 보다 낡은 보다 다양한 보다 흥미로운 물건들이 장사진을 이루고 있었다. 그 사이로 물건들만큼의 나이가 들어 보이는 노인들이 고개를 기웃거리며 지나가거나 걸음을 멈춘 채 물건을 들고 요리조리 뜯어보고 있었다. 그리고 아주 가끔 아주 젊은 사람과 외국인들이 모습을 드러냈다가 사라졌다.

이거 작동은 하는 겁니까? 카메라만 잔뜩 늘어놓은 좌판 앞에서 굴드가 물었다. 그건 써봐야 알지, 내가 어떻게 알아. 손거스러미를 쥐어뜯으며 좌판 주인이 대답했다. 굴드는 입을 다물고 좌판을 살폈다. 언제 단종되었는지도 알 수 없는 필름카메라부터 초기 디지털카메라와 최신 미러리스 카메라까지, 시간의 주름을 촘촘하게 접어놓은 것 같았다. 갑자기 무엇인가 묵직한 것이 굴드의 가슴에 차올랐다. 자주 잊고 있었던 무엇, 그러니까 아날로그 시대에 대한 향수라든가, 사내 말대로 거칠고 투박한 것들이 주는 정겨움 같은 것들이 비릿하게 굴드의 코끝을 스쳤던 것이다. 굴드는 터치에 익숙해진 자신을 보고 자신이 마치 누군가의 터치 한 번으로 오고가는 꼭두각시, 의지도 없고 반항도 없는 가벼운 인간이라는 모멸감에 사로잡혔던 순간을 기억해냈다. 웹사이트를 뒤지며 수동 타자기를 물색했던 것도 그 모멸감 때문이었을 것이다. 일주일 동안 컴퓨터에 매달린 끝에 심장을 뛰게 만드는 타자기를 발견했다. 독일 에리카 사의 휴대용 타자기였는데 1956년에 생산된 것이라고 했다. 적갈색 가죽 케이스와 올리브색 몸체, 신주 재질로 된 자판과 그리고, 부챗살처럼 보기 좋게 퍼진 활자들이 눈을 사로잡았다. 벽면에 꽉 맞게 짜넣은 책장, 가득 꽂힌 책들, 들창 앞에 놓인 커다란 책상, 창으로 쏟아지는 햇빛, 햇빛을 타고 오르는 먼지, 타이핑

을 할 때마다 서재 전체에 공명하는 터치음, 종이를 말아올리고 빼
내고, 바닥으로 떨어져내리는 파지, 상상만으로도 소름이 돋았다.
굴드는 타자기 주인에게 전화를 걸어 가격을 타협하고 계좌번호를
입수했다. 그러나 마지막 순간에 구입을 포기했다. 현실적인 이유
때문이었다. 먹지를 구하는 일도 교정을 하는 일도 힘들었을뿐더
러 결정적으로 영문 타자기라 사용할 일이 거의 없을 것이라는 데
생각이 미쳤던 것이다. 포기하고도 한동안 타자기의 수려한 외관
이 아른거렸지만 굴드는 타자기에 대한 욕망을 신형 태블릿을 사
는 것으로 눌렀다.

오백원만 다고. 사내가 굴드에게 손을 뻗으며 말했다. 나한테 돈
맡겨놨어? 굴드는 툴툴거리면서도 주머니를 뒤져 천원짜리 한 장
을 꺼내 사내에게 건넸다. 사내는 그것으로 무도장 디스코와 정선
아리랑 카세트테이프를 산 뒤 만족스럽게 웃었다. 바보 같기는. 굴
드는 자꾸 웃음이 나오려는 것을 억지로 눌러 주저앉힌 후 사내를
지나쳐 걷기 시작했다. 다이얼 전화기와 싱거 재봉틀과 군용품과
주물로 만든 장식품과 축음기와 줘도 안 쓸 것 같은 주방기기들을
지나 굴드는 텔레비전 앞에서 걸음을 멈추었다. 골드스타의 자바
라식 텔레비전이었다. 다리 네 개가 지지대 역할을 하고 여닫이 문
짝이 화면을 감췄다 드러냈다 하는, 언제 적인가 언제 적 물건인지
도 까마득한 텔레비전이 시간 속에서 튀어나왔다. 드드득드륵 채
널 돌아가는 소리며 채널이 고정되지 않아 자꾸 화면이 흔들렸던

모습이, 장난삼아 문짝 여닫는 일을 반복하다가 먼지가 쌓이는데 문 닫는 것을 자꾸 까먹다가 등짝을 맞았던 일이, 서로 채널을 돌리려고 고집을 피우다가 쌈박질을 했던 일이, 이불을 뒤집어쓰고 앉아 웃고 울었던 일이 기억났다. 거기에는 분명히 어머니와 아버지와 형제가 있었을 것이다. 텔레비전이, 언제인가는 가족이었을 것이 분명한 사람들과 함께 나타났다. 과거의 어디쯤에 묶어놓고 왔다고 생각한 사람들을 불러내어 함께.

천원만 다고. 사내가 또 손을 내밀었다. 굴드는 과거에서 빠져나와 사내에게 오천원짜리 지폐 한 장을 꺼내 주었다. 사내는 히죽거리며 사람들을 비집고 사라졌다. 분사기를 통한 것처럼 햇빛이 굴드의 얼굴을 간지럽히며 떨어졌다. 울음 같은 것이, 웃음 같은 것이 굴드의 가슴팍에서 스며나왔다. 굴드는 입을 비죽거리며 도깨비 같은 골목을 헤집고 나아갔다.

이거 얼마입니까? 만원. 체크무늬 헌팅캡에 체크무늬 셔츠, 체크무늬 조끼를 쓰고 입은 데 더해 무릎 위까지 올라오는 노란 장화를 신은 남자가 대답했다. 백화점에서는 돈을 물쓰듯 쓰는 사람들도 여기 와서는 한푼이라도 더 깎으려고 궁리를 하지. 정찰제니까 깎을 생각은 말어. 굴드는 계산을 치르고 놋쇠 요강을 건네받았다. 그러고는 놋쇠 요강을 끌어안은 채 골목을 어슬렁거렸다.

좌판에 깔린 옷들에는 사계절이 공존했다. 러닝셔츠와 반소매 티셔츠와 두툼한 니트와 겨울 외투들이 뒤죽박죽 섞여 있었고 그런 만큼 알록달록했고 어수선했는데 개중에는 꽤 값이 나가 보이는 모피 코트도 보였다. 굴드는 사람들이 헐거워진 틈을 타 좌판에 바짝 붙어 서서는 옷가지 몇 개를 골랐다. 티셔츠 세 벌과 니트 두 벌과 가죽재킷 한 벌 모두 다 해서 삼만오천원을 치르고 어정쩡하게 서 있을 때 사내가 부침개를 뜯어먹으며 나타났다. 바보 같은 놈. 그건 어디다 쓰려고 산 게냐? 사내가 놋쇠 요강에 시선을 고정한 채 종이로 둘둘 만 부침개를 내밀며 말했다. 영감 눈엔 내 손이 세 개로 보이나보지? 굴드는 사내를 쏘아보고는 한갓진 곳을 찾아 주저앉았다. 사내가 그 옆에 앉으며 다시 부침개를 내밀었다. 시장기가 확 돌았다. 굴드는 요강 단지와 옷 꾸러미를 다리 사이에 끼어두고는 부침개를 받아들어 한입 베어 물었다. 거기 얹힐 흰 엉덩짝을 상상하며 산 게냐? 굴드는 사내의 말을 무시하고 부침개를 씹었다. 파향이 입안에 감돌았다. 옛날엔 말이다. 모든 여자들이 거기 앉아 오줌을 눴다. 대청마루 한복판에서, 쏟아지는 달빛을 맞으며 오줌을 눴지. 졸졸거리는 오줌 소리를 듣고 있으면 그게 그냥 자장가인 거라. 그게 그냥 내인 거야. 내는 흐르지 연 창으로 바람은 넘어오지 달빛은 흥건하지 그게 그냥 잠이었다니까. 요염하고 황홀했다.

사내는 한동안 과거의 어디쯤에 가 있다가 불쑥 굴드의 다리 사이에서 옷 꾸러미를 잡아 가로챘다. 굴드는 부침개를 한입에 쑤셔 넣고는 허둥지둥 옷 꾸러미를 빼앗았다. 도둑이 따로 없다니까. 내

가 부침개도 사줬지 않니. 부침개 살 돈은 어디에서 나왔구? 굴드
는 비닐봉지를 헤집어 티셔츠와 니트를 하나씩 꺼내 사내에게 내
밀었다. 냄새가 나서 살 수가 있어야지. 그놈 참 괜히 그런다. 사내
가 옷을 이리저리 뒤집으며 연신 히죽거렸다. 굴드도 자꾸만 웃음
이 났다. 등뒤에 햇살이 내려앉아 넓게 퍼졌다. 방죽에 앉아 책을
읽을 때 따뜻하게 등을 덥혀주던 그 햇살이었다.

트릴

굴드는 계단을 오르려다 말고 걸음을 멈추었다. 계단이 까마득하게 느껴졌다. 오늘은 조용히 음악이나 들었으면 좋겠는데. 굴드는 천천히 계단을 올랐다. 발이 무거웠다. 지난번에 굴드는 이 계단에서 몰리를 부둥켜안았다. 키스를 했고 젖가슴을 움켜쥐었다. 몰리의 입술은 이미 열려 있었고 열린 채로 닫히지 않는데 불에 탄 짚단 냄새와 시큼한 과일 냄새를 동시에 풍겼다. 젖가슴은 생각보다 작았지만 생각보다는 단단하고 부드러웠다. 굴드가 몰리에게 오래도록 몸을 붙이고 있지 않았던 것은 입술이 맞닿던 순간의, 손안에 젖가슴이 들어오던 순간의 당혹감 때문이었다. 몰리는 굴드를 받아들이면서도 받아들이지 않았고 떼어내지 않으면서도 떼어내고 있었다. 그런 일이 어떻게 가능한 것인가. 왜 갑자기 몰리에게 신경이 곤두서는 것이지. 굴드는 언제나 마음이 몸을 움직인다고 생각했다. 그러나 강아지의 그것과 같이 매끄럽던 몰리의 혀를 맛본 순간, 단단하면서도 부드러운 젖가슴이 손안에 들어온 순간, 굴드는 앞으로의 시간이 지금까지의 시간과는 다를 것임을 예감했다. 감각, 정확하게 말하자면 감촉이지, 어떤 시선에 의해 포획되거나 그 시선이 머문 곳에 이끌리게 되는 경우는 수도 없이 많으니까, 에 의하여 마음이 몸을 얻고 잃어버린 어떤 것을 붙들게 되다니. 그럴 수도 있으리라는 생각을 굴드는 여태 해본 적이 없었고 해본 적이 없었던 만큼 당혹스럽고 난감했다. 굴드는 짧게 한숨을 내쉬고 다시 계단을 오르기 시작했다.

코케인은 언제나처럼 한산했다. 컴퓨터에 코를 박고 있던 주인장이 고개를 들어 굴드에게 눈인사를 했다. 아무도 없으니 오늘은 조용히 음악이나 들을 수 있겠군. 굴드는 다행이라고 생각했으나 이대로 몸을 돌려 나가버리고 싶은 충동이, 어디에서 온 것인지 모를 그러니까 충동이라고 할 만했지만, 생겼다. 좀체 웃는 법이 없는 주인장이 굴드를 바라보며 미소를 지었다. 굴드는 떨어지지 않는 발을 떼어 냉장고 쪽으로 걸어갔다. 어차피 달리 갈 곳도 없었다. 〈마담 프루스트의 비밀정원〉 보셨습니까? 굴드가 냉장고에서 버니니를 꺼내 의자에 앉는 것을 기다렸다가 주인장이 물었다. 아니요, 보지 못했습니다. 굴드가 대답했다. 네. 주인장은 별다른 말을 하지 않고 다시 컴퓨터에 고개를 처박았다. 굴드와 주인장 사이에 긴장이 감돌았다. 그러나 그 긴장감은 굴드에게만 속한 것 같았다. 주인장은 때로 미간을 찌푸렸다가 때로 입가에 미소를 지으며 마우스를 클릭하는 데 열중해 있었다. 〈마담 프루스트의 비밀정원〉에도 마들렌이 나옵니까? 나옵니다, 마들렌이 안 나온다면 프루스트가 아니지요. 굴드가 묻고 주인장이 대답했다. 『잃어버린 시간을 찾아서』는 읽고나 저런 소리를 하는 것일까. 굴드는 생각했다. 아마도 주인장은 그 책을 완독한 몇 안 되는 사람 중의 하나일 거야. 또다른 생각이 따라왔는데 그것은 아무런 근거도 없는 것이었으나 어느새 굴드에게 그 생각이 맞을 거라는 확신을 갖게 했다. 굴드는 괜히 마들렌얘기를 꺼내서 아는 체를 한 것 같다는, 속이 훤히 들여다보이는 짓을 한 것 같다는 생각에 얼굴이 붉어졌다. 굴드는 주인장의 반대쪽으로 몸을 돌린 채 버니니를 들이켰다.

오랜 시간이 흘렀다. 그사이에 블루스가 세 곡, 재즈가 두 곡 흘러나왔다. 지금 나오는 곡은 무엇입니까? Susie Suh와 Robot Koch가 부른 〈Here With Me〉입니다. 가을 같은 곡이군요. 주인장은 역시 별다른 대꾸가 없었다. 조용히 음악을 듣기에는 최적의 조건이었다. 공연한 수다로 음악을 소음으로 만드는 이도 없었고 주인장은 언제나처럼 자신의 일에만 골몰했다. 하지만 스피커에서 흘러나온 노래들은 굴드의 주위를 맴돌다가 어느 틈엔가 허공으로 흩어지고는 했다. 굴드는 주의를 집중해 그중 몇 소절을 잡아챘으나 그것은 온전한 음악이라기보다는 소리의 파편일 뿐이었다. 굴드는 좀체 음악에 집중할 수가 없었다. 자신과 주인장 사이를 꽉 메우고 있는 침묵이 어색함을 넘어 불편하기까지 했고 그 불편함은 음악을 잘라내고 도려내고, 그것을 붙들고자 하는 굴드의 시도를 번번이 실패로 돌아가게 했다.

저, 파리에는 백 년이 넘는 전통을 가진 빵집이 있다고 합니다. 오랜 침묵을 깨고 굴드가 말했다. 마레지구 3구역 어디쯤, 골목 귀퉁이에 있는 집이라고 하는데 규모도 작고 소박해서 눈에 잘 띄는 곳은 아니라고 하더군요. 빵을 사기 위해 길게 늘어선 줄이 없다면 지나치기 십상일 정도로 말입니다. 그 집에서 가장 유명한 빵은 바게트인데 빵맛이 그리 특별하지는 않답니다. 어떤 인터뷰에선가, 그런데도 오랜 전통을 유지하는 비결이 뭐냐고 물었다고 합니다. 빵집 주인이 한 대답이 아주 인상적이더군요. 빵 반죽을 할 때 그걸 조금 떼어서 남겨둔 다음, 다음번 반죽할 때 합치는 것이 비결이라고 했다지 뭡니까. 그렇군요. 주인장이 심드렁하게 대꾸했다. 굴드는 괜히 말을 꺼냈다는 후회와 함께 손님에게 불친절한, 사실 굴드는 불친절이 아니라 자신이 무시당했다고 느꼈는데, 주인장에게 부아가 치밀었다. 그러나 굴드는 곧 이야기가 함의하고 있는 바를 눈치채지 못한 주인장에게 실망하는 동시에 우월감을 느꼈다. 그것은 단순히 반죽을 합치는 것을 넘어 시간의 축적이고 기억의 섞임이었기 때문이다. 백 년이라는 시간과 기억들이 조금씩, 끊임없이 섞이면서 과거를 현재에까지 이동시키고 존재할 수 있게 했던 것이다. 우리는 과거를 지나왔고 이미 과거에서 떨어져나와 영원히 돌아갈 수 없지만 과거는 어떤 방식으로든 현재에 스미고 현재에도 여전히 살아 움직인다. 과거가 현재로 미끄러져들어오는 순간의 포착. 그러니까 그 집의 빵은 단순한 빵이 아니라 새로운 농담이고 그 집의 빵을 사는 일은 낡은 농담에서 탈출해 새로운 농담의 세계로 들어가는 것이었다. 빵 반죽이라는 상징적인 행위가 담고 있는 농담을 파악하지 못하다니. 굴드는 주인장이 『잃어버린 시간을 찾아서』를 완독하기는커녕 책장을 들춰본 일도 없었으리라고 단정했다. 굴드는 조금 편안해진 마음으로 흘러나오는 음악에 귀를 기울였다.

마침 Velvet Underground의 〈Sunday Morning〉이 흘렀다. 앤디 워홀의 바나나 실크스크린을 커버로 사용한 앨범의 첫번째 트랙이었다. 경쾌하게 울리는 실로폰과 오버드라이브가 살짝 들어간 전자기타, 그리고 나지막한 루 리드의 목소리가 묘한 앙상블을 이루면서 곡 전체에 나른한 분위기를 풍겼다. 굴드는 의자에 깊숙이 몸을 기대고 앉아 눈을 감았다. 일요일 아침, 모든 건 등뒤의 허송세월일 뿐이고 얼마 지나지 않은 시절에 네가 건넜던 모든 거리들이라고, 네 뒤에 진짜 세상이 있으니 조심하라고, 루 리드가 심드렁한 목소리로 노래했다. 굴드는 어쩐지 자신이 운명의 가장자리를 서성거리고 있는 듯한 인상을 받았다. 굴드에게 중요한 것은 아무것도 없었으나 굳이 중요한 것을 말하라고 한다면, 뭐가 있을까, 굳이 말하라고 한다면 아마도 소설과 여자였다. 그러나 굴드의 등뒤에서 소설과 여자는 실패를 거듭했다. 소설을 통해 굴드는 자기 자신 외에는 아무도 설득시키지 못했고 여자 역시 마찬가지였다. 굴드는 섬세하고 밀도 높은 문장력을 구사하고 인물의 폐쇄적인 내면을 의식의 흐름에 따라 정밀하게 묘사한다는 데서 늘 긍정적인 평가를 받았다. 그러나 굴드의 인물들은 모두 자폐적이고 소설 전반에서 현실에 대한 시야가 제한되었거나 현실과 동떨어진, 그러니까 현실 인식에 있어 한계를 드러낸다고 했다. 굴드가 이해할 수 없는 것은 바로 이 지점이었다. 굴드가 생각할 때 가장 현실적인 것은 우발성에서 비롯되었다. 우발성이나 우연. 눈이 집에서 나가게 하고 바람이 더 멀리 가게 하고 보다 먼 낯선 곳이 육체와 육체를 만나게 하고 헤어짐으로 이끌고 한낮의 더위가 사표를 쓰게 하고 이별이 성공을 부추기고 질투가 사랑을 죽이고. 사람들을 길 위에 떠돌게 만드는 것은 현실이다. 그리고 사람들은 이제 그런 현실을 부정하고 그것에서 떨어져나가려고 한다. 그런데 왜 그런 파편화된 모습들을 파고드는 게 현실 인식의 부재를 드러내는 것인지, 굴드는 아무래도 이해할 수 없었다. 굴드가 이해하지 못한 것을 이해한 여자들은 한결같이 굴드를 한심해했다. 넌 갓수족을 그리는 게 아니라 너 스스로 갓수족이 되어가고 있어. 여자들의 말을 종합하자면 그랬다. 굴드는 자신이 운명, 그것이 현실이든 소설이든 여자든, 의 가장자리를 걷고 있는 게 아닐까 하는 생각에 씁쓸해졌다. 어쩌면 내 삶은 모두 등뒤에 있는지도 몰라. 굴드는 생각했다.

몽니

굴드는 소리를 지르며 꿈에서 깨어났다. 두들겨맞는 개에 관한 꿈이었는데 꿈에서 깨어난 굴드는 개와 개 주인과의 역사까지 훤히 꿰뚫고 있었다. 꿈을 얼마나 오래 꾼 거지. 그것이 모두 꿈속의 일이란 말인가. 아니면 잠재의식 속에 있던 어떤 생각들이 꿈으로 파고들었던 건가. 꿈에서 깨어나던 찰나의 순간에 그 내용이 꿈에 묻어 각색된 것인가. 아무래도 굴드로서는 납득하기 어려웠다.

개는 옆집 노부부가 키우던 것으로, 실제로 굴드는 꿈에서와 달리 원룸에 살았고 자신의 옆집에 누가 사는지도 알지 못했는데, 사건이 일어나기 얼마 전 할머니는 돌아갔고 할아버지는 반신불수로 누워 있는 상태였다. 일주일에 두어 번씩 복지재단과 봉사단체 사람들이 와서 할아버지를 돌보았다. 그리고 누렁이는, 사람들은 녀석을 누렁이라 불렀는데 그 이름만큼이나 누렇고 어디에서나 흔히

볼 수 있는 개였다. 동네를 돌아다니며 밥을 얻어먹었다. 사람들은 녀석을 발로 차고 녀석에게 돌을 던지면서도 녀석이 자신의 집에 올 때마다 먹다 남은 밥을 내어주었고 녀석은 온 동네를 돌아다니며 밥을 얻어먹으면서도 해가 저물면 꼭 제집으로 돌아갔다. 무슨 일이 있어도 잠은 제집에 가서 자야 한다는 말이 내면화되어 있는 개 같았다.

사람들은 누렁이가 곁에 오는 것을 싫어했다. 발로 차고 돌을 던지는 것은 예사고 어린놈들 중 몇몇은 녀석의 눈에 흙을 뿌리거나 털을 뭉텅이로 뽑아내거나 거친 돌멩이로 발바닥을 문질러대기도 했다. 그러나 녀석은 가리지 않고 모든 사람을 따랐고 사람들이 지날 때마다 지나치게 꼬리를 흔들어 반가움을 표시했다. 그러던 어느 날 한 떼의 사람들이 몰려들어 녀석에게 몽둥이질을 해댔다. 녀석은 날뛰었다. 그러나 빙 둘러선 사람들을 뚫고 달아나기란 불가능했다. 피가 튀고 살이 째졌다. 녀석이 울부짖었고 누군가의 몽둥이가 녀석의 머리통을 내리쳤다. 녀석은 혀를 길게 빼문 채 고꾸라졌다. 쓰러진 녀석을 사람들이 끌고 가 솥단지에 처넣었다. 뜨거운 물방울이 사방으로 튀어올랐고 물방울에 묻어 녀석도 솥단지에서 튀어나왔다. 순식간이었다. 사람들은 넋이 나갔고 정신을 차릴 새도 없이 자신들 앞에 우뚝 서 있는 눈망울과 마주쳤다. 녀석은 순정한 눈빛으로 사람들을 빤히 쳐다보며 지나치게 꼬리를 흔들어댔다.

굴드는 새삼 진저리를 쳤다. 사람들에게가 아니라 개에게 화가

났다. 누더기가 된 몸으로 자신을 누더기로 만든 사람들에게 꼬리를 흔들어대는 모습이 머릿속에서 떠나지 않았다. 맹목적인 사랑은 그처럼 누추하다는 생각. 사랑은 폭력 앞에서도 꼬리를 치게 만들 뿐이라는 생각. 사랑은 존재를 비굴하게 만들 뿐이라는 생각. 생각을 거듭할수록 허기가 느껴졌다. 어쩌면 그것은 성욕인지도 몰랐다. 굴드는 배가 고픈 한편으로 사정을 하고픈 욕망에 시달렸다. 식욕과 성욕이 맞닿은 지점, 식욕과 성욕을 구분하지 못하는 지점에 자신이 와 있는 게 아닌가 하는 의구심이, 인간으로서의 자신의 삶은 그토록 하찮고 천박하다는 자괴감이, 굴드를 괴롭혔다. 꿈이 생생할수록 그랬다.

굴드는 잠 속에서 자신의 생이 눈에 보이지 않을 정도로 조금씩 빠져나가는 것을 느꼈다. 꿈을 꾸는 가운데 자신의 생이 연소되고 있었다. 그것은 시체의 시간이었다. 그곳에서 멈추는 시간, 아니 아무런 의미도 없이 무용하게 흘러가는 시간, 걷잡을 수 없이 희미해지는 시간. 굴드는 자신의 기억이 사라지고 잠을 자는 동안 시간이 세상을 미래로 실어나르고 자신만 과거에 남겨둔 것 같은 끔찍한 낙오의 느낌으로 전율했다. 시간이 정지하고, 무수하게 이어진 시간의 점들 속에서 시간이 탈주하지 못하고, 시간이 시간 속으로 떨어져 결코 나아가지 못하고 있다는 생각이 들었다. 자신이 어느 한 순간에 고정돼 있는 것만 같았다.

굴드는 밖에 나갈 때마다 고독으로 뼈저렸고 밖에 나가지 않을 때는 우울감에 시달렸다. 우울감은 종종 자기 살해의 욕망으로 이어지고는 해서 굴드는 뼈마디를 추슬러 밖으로 나가지 않을 수 없었다. 죽음을 두려워해서 그랬던 것은 아니다. 오히려 죽음은 너무도 가벼워 몸을 일으키는 데 단 몇 초밖에 필요로 하지 않았으며 그렇게 가볍게 일으킨 몸으로 굴드를 언제까지고 따라다녔다. 죽음은 마음만 먹으면 언제고 굴드를 달리는 자동차로 뛰어들게 할 수 있었고 수면제를 털어 먹게 만들 수 있었고 손목을 긋게 할 수 있었다. 공연한 사람에게 시비를 걸어 맞아 죽게 만들 수 있는 것도 죽음이었다. 죽음은 누구에게나 공평한 기회를 제공했으나 굴드에게만은 유독 다정했다. 오래도록 사라졌던 온도, 거의 따뜻하다고 할 만한 온도로 굴드를 감쌌다. 그리고 죽음은 이 세계가 욕망하는 방식이 마음에 들지 않을 경우 더욱 기괴한 모습으로 굴드 앞에 나타났다. 굴드가 두려워하는 것은 사멸이 아니라 실패였다. 생체기관이 자살에 대해 내성을 갖게 되는 것, 아니면 자살 시도로 인해 생체기관이 돌이킬 수 없게 망가지는 것. 그렇게 되면 삶은 부차적인 문제가 되리라. 죽지도 못한 채 온전하지 못한 생명을 유지하는 데 온 힘을 쏟아부을 수밖에 없을 테니까.

소설을 버렸다면, 돈 버는 일에 집중했다면, 아니 시쳇말로 돈 되는 소설에 투신했다면 덜 우울했을까. 굴드는 방바닥에 엎드려 생각했다. 아버지의 아들로 살았다면 돈 때문에 우는 일은 없었을까. 해가 지지도 않고 뜨지도 않았겠지. 그건 아버지의 시간이지

내 시간은 아니야. 이것도 저것도 아닌 시간. 희뿌연 시간. 중간에 그만둘 수도 없는 시간. 아버지는 내게 무엇을 바란 것일까. 아버지가 원한 것은 무엇이었나. 울분이었나. 해가 지지도 않고 뜨지도 않는 시간에 얽매여 사는 삶에 대한 분노였다. 머리가 굵어지면서 굴드는 아버지의 폭력에 아버지의 방식으로 대항하는 대신 말을 택했고 말이 모든 문제를, 아니 문제의 일부라도 해결해줄 것이라고 믿었다. 그러나 그러한 시도는 번번이 아버지와 자신이 얼마나 다른 사람인가를 확인시켜줄 뿐이었다. 굴드는 아버지로부터 벗어나기 위해 아버지에게서 물려받은 것을 모두 버려야 했다. 그러나 정작 가장 큰 것은 버리지 못했는데 그것은 바로 굴드 자신이었다.

제의

몰리는 어두운 숲속에서 길을 잃었다. 굽이를 돌아나오면 또다른 굽이로 접어들었고 또다른 굽이는 이전의 굽이와 흡사했다. 왼쪽에는 자작나무 군락이 희미한 빛을 발하며 치솟아 있었는데 마치 이슬람 수피들이 신을 영접하기 위해 특별한 제의를 치르는 듯 보였고 오른쪽에서 들려오는 물소리 역시 수피들의 주술처럼 신비로웠다. 몰리는 환상적인 제의에 초대받은 사람답게 몽롱한 상태에 빠져들었으나 한편으로 마술적인 힘에 짓눌려 공포가 밀려드는 것을 느꼈다. 몰리는 차를 세워두고 날이 밝을 때까지 기다릴까 생각했다. 하지만 완벽한 어둠과 더불어 홀로 밤을 지새운다는 생각만으로도 몸이 떨려왔다. 몰리는 시야를 잃지 않기 위해 최대한 몸을 앞으로 숙이고 두 손으로 핸들을 꼭 감아쥐었다. 팔과 어깨에 힘이 들어갔다. 속도를 유지하기 위해 가속페달에 얹은 발에도 일정하게 힘을 쏟았다. 그러나 차는 자주 속도를 잃었고 그제야 몰리는 발에서 힘이 모두 빠져나간 것을 알아챘다.

몰리가 처음 길을 잃고 헤맬 때는, 그러니까 조금 전에 지났던 길을 돌고 도는 것 같은 기시감에 사로잡혔을 때는 어떤 웅장하고 신비로운 자연의 질서에, 인간에게는 허용되지 않은 어떤 세계에 틈입한 것 같아 황홀하고 감미로운 기분마저 들었다. 몰리는 스스로도 어리둥절해하며, 그 어리둥절 속에 놓인 시간을 느긋하게 즐기며 숲을 가로질러 나아갔다. 그러나 지나왔던 길에 다시 와 있는 일이 서너 차례 반복되자 시간의 틈새에 빠져 맴돌고 있는 것일지도 모른다는 생각이 들었고 같은 일이 두어 번 더 반복되자 적의와 악의로 가득찬 어떤 세계에 영원히 갇혀버린 것일 수도 있다는 생각으로 절박해졌다. 가속페달을 밟고 있던 발이 종종 겉도는 것 역시 어떤 불가사의한 힘에 의한 것이라는 확신까지 들었다.

몰리는 터질 것 같은 울음을 가까스로 참으며 숲 사이로 난 길을 더듬어 나아갔다. 저 앞으로 이전에는 보지 못했던 희미한 불빛이 드러났다. 몰리는 불빛을 놓치지 않으려고 눈을 부릅뜨고는 불빛을 향해 차를 몰았다. 불빛은 한덩어리로 뭉쳤다가 다시 흩어졌고 매우 빠른 속도로 위아래로 흔들리다가 다시 원을 그리며 어룽댔다. 불빛에 점차 가까워지자 몰리는 그것이 전등이 아니라 횃불이라는 것을 알아챘다. 이십여 명쯤 되는 남자들이 흰색 드레스에 검은색 조끼를 입고 횃불을 든 채 춤을 추고 있었는데 각자 제자리에서 빠른 속도로 회전을 하다가 어느 순간 뛰어올랐고 한데 모였다가 다시 흩어져 원을 그리는 것이었다. 남자들이 회전을 할 때마다 드레스 자락이 원추형으로 화악 펼쳐졌고 햇불은 이지러졌다 다시 타오르면서 그들의 춤에 음영을 드리웠다. 아름답고 슬프고 기괴한 모습이었다. 몰리에게 그것은 드높은 지성과 야만의 공모 같아 보였고 죽음을 불러내는, 아니 죽음의 세계로 들어가기 위한 제의처럼 느껴졌다.

몰리는 차를 세우고 유리창을 반쯤 내렸다. 박하향이 은은하게 다가왔다가 사라졌다. 그제야 춤이 벌어지는 한쪽 구석에서 타오르는 불길이 눈에 들어왔다. 아마 박하나무를 쌓아 불을 붙인 모양이었다. 고요한 적막 속에서 간혹 불꽃이 터지는 소리만 타닥타닥 들려왔다. 눈앞에 보이는 저 수상쩍고도 아름다운 모습과 비밀스러운 향기가 머리를 어지럽혔다. 남자들은 계속해서 빙빙 돌고 원을 그리고 햇불은 하늘로 돌아가고 적막하고, 모든 것이 시 같았다.

몰리는 어느 밤을 떠올렸다. 시를 읽던 밤이었을 것이다. 침대 위에 시집을 흩어놓고 시를 읽던 밤이었을 것이다. 그것은 거리에 마구 흩날리는 꽃잎 같았는데 손에 잡히는 대로 읽다보면 어느 순간 자신의 육체가 점자가 되어 시집에 박히는 느낌이 들고는 했다. 그러니까 자신이 시집 속에 들어가 누군가에게 읽히기를 기다리는 눈먼 글자가 된 듯한 착각에 점차 빠져드는 것이었다. 시집 속에서, 아무것도 읽지 못하는 눈먼 독자를 기다리는 눈먼 글자. 몰리는 시를 읽고 기다리고 흐느끼면서 밤을 보냈다. 문 안에 있는 사람도 문밖에 있는 사람도 모두 외로웠고 외로운 사람들 때문에 밤은 더욱 길고 깊어졌다.

몰리를 가장 외롭게 만드는 것은 노인들이었다. 노인의 마음이 읽히는 순간과 순간들이 몰리를 외롭게 만들었다. 타오르는 촛불 아래 밤새도록 앉아 있는 노인, 그의 그림자가 떠올리고 있을 어떤 기억이. 노인은 자신이 살아온 발자국을 헤아리다가 문득 앞으로 몇 개의 발자국이 더 남았을까를 점치고는 했다. 손님을 기다리며 마당을 쓸고 가지를 치고 문을 열고 마루끝에 한없이 앉았다가 다시 문을 닫고 사라졌다. 저무는 꽃에서 떨어지는 낙엽에서 부는 바람에서 스러지고 다시는 오지 않는 것들을 상상했고 가느다란 두 다리로 노을 끝에 서 있었다. 바람으로 돌로 물고기로 태어나지 못한 것을 애석해하며 쓸쓸한 노래나 불렀다. 그래서 잠들 수 없었다. 몰리도 잠들지 못하는 노인의 밤을 생각하느라 잠들 수 없었다. 그 마음이 또렷하게 읽혀서 도무지 잠들 수 없었다. 죽음을 불러들이는 온갖 기호들이 몰리를 잠에 들지 못하게 했다. 되도록이면 노인의 시를 읽지 못하는 눈먼 독자로 남고 싶었다. 노인이 추는 춤을 보지 못하는 눈먼 관객으로 남고 싶었다. 그러나 그 모든 것들이 몰리에게 눈 오는 밤처럼 깊고 적막하고 시린 감동을 주었다.

춤은 계속 진행되었다. 횃불도 여전히 타올랐다. 횃불 아래서 남자들의 흰 드레스가 옥잠화처럼 펼쳐졌다. 몰리는 다시 시동을 걸었다. 얼마 후에는 동이 틀 것이다. 동이 틀 때까지만 견디면 안전한 영역에 다다를 수 있을 것이었다. 어둠이 벌써 희뿌옇게 변해가고 있지 않은가. 이곳이 얼마나 다른 곳인가를 확인할 필요는 없었다. 몰리는 어서 이곳에서, 감미롭고 아름답고 몽롱하고 그래서 등골이 오싹한 이곳에서 벗어나고 싶었다. 지나왔던 길로 다시 되돌아오는 순환에서 빠져나가고 싶었다. 몰리는 기어를 넣은 뒤 가속페달을 밟았다. 바퀴가 스르르 굴러갔다. 몰리의 시선은 백미러에 고정돼 있었다. 횃불과 남자들과 춤이 차츰 멀어졌다.

다음날 아침 몰리는 한갓진 시골길에서 깨어났다. 온몸이 땀으로 흠뻑 젖어 있었다. 차 안이 후텁지근했다. 주유등에 빨간불이 들어왔고 급기야 차가 서버렸다는 것이 기억났다. 몰리는 차문을 열고 밖으로 나갔다. 채 오십 미터도 떨어지지 않은 곳에 있는 농가 몇 채에서 연기가 뿜어져나왔고 그 옆의 농로를 따라 경운기 한 대가 탈탈거리며 지나가고 있었다. 시골길이라는 것이 늘 그렇듯 냄새도 풍경도 여느 곳과 비슷했지만 마을을 둘러싸고 있는 나지막한 산만은 눈길을 끌었다. 산 전체가 흰빛으로 너울거렸다. 거대한 빛의 무리처럼 보였는데 그 무리 속에서 각각의 작은 입자들이 수시로 몸을 뒤틀었다. 몰리는 흰빛을 통과해 그 이면을 보기 위해 눈을 가늘게 떴다. 무리 뒤로 길고 가느다란 어떤 형체가 희미하게 빛을 뿜고 있었다. 자작나무인가. 자작나무인 것 같았다. 자작나무인 게 확실해 보였다. 산에는 훤칠한 자작나무가 빼곡히 들어차 있었는데 햇빛을 받아 산 전체가 흰빛으로 일렁이는 것처럼 보였던 것이다. 그런데 묘하게도 그것이 아름답게 느껴지는 것이 아니라 꼼짝도 하지 않는 풍경 속에서 광기가 솟구쳐나오는 듯 서늘하게 여겨졌다. 밤새 저 숲을 헤맸던 것인가. 그래서 이런 느낌이 드는 것인가. 몰리의 머리로 한줄기 바람이 지나갔다.

몰리는 자신으로 하여금 길을 잃게 만든 것이 무엇인지 생각했다. 너무도 많은 우리들인가. 너무도 많은 우리들이 우리 자신들에게 둘러싸여서 길을 찾지 못하고 길을 버리고 길을 묻고 없는 길로 가게 만드는 것인가. 우리를 평화와 희망과 이해가 불가능한, 동정심이라고는 없는 무자비의 형태로 이 세계에 존재하게 만드는 것은 무엇인가. 몰리는 몸을 떨었다. 지금까지 자신이 겪었던 일들이, 아니 자기 자신마저도 이번 생에는 없었던 것처럼 느껴졌다.

on

굴드는 문을 열고, 문밖으로 나섰다. 훈훈한 바람이 불어왔다. 굴드의 머릿속이 잠깐 희미해졌고 잠시 후 전등의 스위치를 내렸다가 다시 올린 것처럼 정신이 돌아왔다. 희미해지는군. 문밖은 한층 희미해져 있었다. 모든 것이 정지 직전에 머물러 있는 것 같았다. 굴드는 한 걸음 뗄 때마다 한 걸음 물러나는 듯한 느낌을 받으며 한참 만에 골목에서 벗어났다. 골목을 벗어나자마자 앰뷸런스가 굉장한 소리를 내며 지나갔다. 소리는 느리고 묵직했는데, 말하자면 늘어진 테이프가 가까스로 돌아가는 듯했는데, 웅장한 소리로 사람들의 주의를 끄는 데 반해 속도를 내고 있지는 않았다. 앰뷸런스 역시 한 바퀴 구르면서 동시에 한 바퀴 물러나고 있는 것 같았다.

굴드는 앰뷸런스에 탄 사람을 생각했다. 죽어가는 사람, 어쩌면 죽은 사람. 현재의 속도를 잃은 채 죽어가고 있는 현재의 어떤 사람. 곧 과거가 될 어떤 사람의 몸속에서 시간이 빠져나가고 있었다. 울어줄 사람이라도 있으면 다행일 것이라고 굴드는 생각했다. 가족이 아니면 친지, 아니면 친구나 동료라도. 하지만 문밖은 점차 희미해지고 있는데. 굴드는 생각했다. 노래를 불러줄까. 괴이한 아이였던 그를 위해. 할말은 모두 내일로 미뤄둔 그를 위해. 자신이 자신의 친구의 전부였던 그를 위해. 기억해줄 타인이 없으니 잊힐 것도 없는 그를 위해. 아니라면 욕을 퍼붓는 건 어떨까. 아니면 가장 혹독한 침묵으로 장례를 치를까. 아니다. 아무것도 하지 말자. 가만히 있자. 굴드는 가만히, 아무것도 하지 않기 위해 등줄기에 흐르는 땀에 대해 생각했다. 짜겠지. 짤 거야. 끈적거릴까. 끈적거리겠지. 셔츠가 젖을까. 당연히 셔츠가 젖겠지. 다른 사람이 보면 불쾌해할까. 네가 봐도 불쾌할걸. 땀이 식으면 감기에 걸릴지도 몰라. 그럴지도 모르지. 섹스를 할 때마다 땀을 지독히도 많이 흘리는 여자가 있었는데. 몇번째 여자? 몇번째 여자였는지 모르겠네. 아무래도 상관없는 여자였겠지. 여자를 안으면 물을 안는 것 같았어. 반들반들했어? 반들반들하고 반짝거렸어. 물처럼 빠져나갔어. 안았는데 자꾸 사라졌어. 따뜻했어? 따뜻하고 차가웠어. 식지 않았는데도 차가웠어. 그리고 따뜻했어. 여자는 자꾸 안아달라고 했어. 그래서 자꾸 안았어? 자꾸 안았어. 물을 안는 것 같았어. 안을수록 사라졌어. 희미해졌어. 아니다. 아무것도 하지 말자. 가만히 있자. 굴드는 자꾸만 무엇인가를 하려는 자신을 설득하여 가만히 있도록 했다. 생각도 하면 안 돼? 생각도 하면 안 돼. 생각은 아무것도 안 하는 것 아니야? 생각은 모든 거야. 말이나 행동은 생각의 부스러기일 뿐이야. 부스러기? 생각은 영혼을 찾기 위한 몸부림이야. 몸부림 끝에 찾기도 하고 잃기도 하지. 영혼을 찾았다고 쳐. 그래서 달라지는 게 있어? 영혼은 밖으로 향하는 문이 없이도 밖으로 나갈 수 있게 해줘. 아니다. 아무것도 하지 말자. 가만히 있자. 굴드는 가만히 있기 좋은 곳을 찾기 위해 주위를 둘러보았다. 마침 멀지 않은 곳에서 빌딩 이층의 커피숍을 발견했다. 빌딩 쪽으로 다리를 움직였다. 그때 어떤 목소리가 들려왔다.

조심해! 그 순간 굴드의 눈이 번쩍했다. 뭐야? 나도 몰라. 뭐냐구. 나도 모른다구. 코뼈와 윗입술에 통증이 느껴졌다. 그리고 잠시 후 뜨거운 무엇인가가 콧등을 타고 흘러내렸다. 통증이 너무 심해서 차마 코로 손을 가져갈 생각은 할 수도 없었다. 굴드는 비틀거리며 일층 화장실을 찾아들어갔다. 콧잔등이 일 센티미터 정도 찢어져 있었다. 굴드가 빌딩 입구의 유리문을 본 것은 확실했다. 그때 어떤 목소리를 들었고 굴드는 유리문으로 돌진했다. 분명히 유리문을 봤는데. 굴드는 의아했다. 유리문을 보고도 유리문으로 돌진하다니. 눈은 보고 있는데 뇌가 그것을 인지하지 못할 수도 있나. 정신 차려. 굴드는 머리를 몇 번 두드린 후 가급적 코를 압박하지 않도록 주의하며 휴지로 대충 감아쥐었다. 다행히 빌딩 오층에

정형외과가 들어서 있었다. 굴드는 엘리베이터를 타고 오층에서 내렸다.

어쩌다가. 어떤 사람이랑 부딪쳤습니다. 다툼이 있었나요? 아뇨. 다른 데는 괜찮으세요? 네. 진단서를 떼어드릴까요? 아뇨, 됐습니다. 의사는 상처를 소독한 후 간호사를 시켜 콧잔등에 밴드를 붙이도록 했다. 정말 괜찮으세요? 네. 물이 닿지 않도록 조심하십시오. 의사가 당부의 말을 할 때 굴드는 목소리에 대해 생각하느라 의사의 마지막 말을 제대로 듣지 못하고 문을 나섰다.

굴드는 종종 속삭이는 어떤 소리와 마주쳤다. 거기에 컵을 두면 커피를 엎지를 거야. 거기 놓으면 떨어질 테니 좀더 깊숙한 곳에 두도록 해. 걸려 넘어지겠다. 잃어버리지 않게 지금 가방에 넣어둬. 그러나 굴드는 늘 커피를 엎질렀고 물건을 떨어뜨렸고 어딘가에 걸려 넘어졌고 무엇인가를 잃어버렸고 그럴 때마다 목소리의 예지에 대해 감탄했지만 그후로도 목소리로 인해 굴드가 주의를 집중하는 일은 생겨나지 않았다. 목소리는 어디에서 오는 것일까. 그것은 목소리일까. 나는 그것을 들었나. 들었다고 확신할 수 있나. 하나의 형태로 존재하는 내가 사실은 무수한 '나'들의 조합이고 각각의 내가 또 각각인 나에게 말을 거는 것은 아닐까. 그러니까 정작 내가 나라고 생각하는 존재는 미세한 어떤 조각들에 의해 움직이는 기계 같은 것일 수도 있지 않나. 내가 한 번도 살지 않은 나의 미래가 현재의 나와 접속할 수 있는 통로를 찾아 메시지를 보내는 것이라고 하면 어떨까. 나는 하나의 층위로 이루어진 존재가 맞나. 내 안에 또다른 나, 또다른 시간, 또다른 공간이 존재하는 것은 아닐까. 굴드는 과거에 비해 지금 느끼는 시간의 속도가 더 빠르다는 것을 떠올렸다. 십대에는 시간이 지금 느끼는 속도의 절반 정도로 흘렀던 것 같다. 나이가 들수록 시간이 말 그대로 휙휙 지나갔고 그럴수록 세상은 좁고 어둡고 더디게 왔다. 촘촘하고 복잡하게만 느껴졌던 세상이 느슨해지고 단일해졌다. 감각의 해상도 역시 낮아졌다. 나이가 들수록 그랬다. 굴드는 나라고 불렸던 과거의 나는 사라지고 새로운 시간과 공간을 지닌 또다른 내가 나타난 것인지도 모른다는 두려움에 떨었다. 그 둘이 몸 바꿈 하는 그 찰나의 순간에 자신의 몸은 그 어떤 나도 지니지 못한 빈 존재일 뿐이라는 공포가 엄습했다. 습격하고 습격당하는 나의 뭉치들. 나는 과연 어디에 있는 것인가. 나라고 부를 만한 게 과연 나에게 있을 것인가. 콧등에서 시작된 통증이 콧방울로 볼로 이마로 넓게 퍼져나갔다. 내가 없다면 이 통증도 가짜인가. 굴드는 머리를 싸매고 비틀거리며 희미해지기 시작한, 희미한 거리를 헤치며 나아갔다.

여름

굴드가 좀머를 다시 만났을 때 굴드는 뚱보 여자를 뒤따라 걷던
중이었다. 몸에 잠이 하나도 남아 있지 않을 때까지 자고 나자 이
제는 아무것도 할 수 없으리라는 자책감이 찾아들었고, 아무것도
할 수 없을 때 가장 할 만한 것이 걷는 일일 것이라는 생각이 굴드
의 몸을 일으켜세워 거리로 내몰았던 것이다. 굴드는 거리가 여전
히 희미하다는 사실을 이해하기 힘들었으나 걷는 일에 서서히 적
응해가는 두 다리를 바라보며 묵묵히 걷는 일을 해나갔다.

사거리를 지나 우측으로 돌았을 때 뜨거운 바람이 거리를 휩쓸
고 지나갔다. 통신사 대리점 앞에 서 있던 고무풍선이 땅바닥까지
코를 처박았다가 몸을 일으켰고 학원 홍보 플래카드가 커다랗게
배를 부풀렸다가 홀쭉해졌다. 나뭇가지들이 우르르 소리를 질렀고
누군가의 모자가 날아갔다. 굴드는 뜨거운 바람이 할 수 있는 일들

에 놀라워하며 걸음을 멈추었다. 저런 일은 찬바람이나 할 수 있는 것인 줄 알았는데.

그때 어떤 여자가 굴드의 맞은편에서 걸어왔는데 희미한 가운데 여자만 유독 선명해서 모든 가짜들 틈에서 여자만 진짜인 것처럼 느껴졌다. 여자는 새카만 머리를 정수리까지 올려 묶어 목선을 드러내고 있었다. 목덜미는 제법 굵었고, 사실 굵다기보다는 접힌 살을 두 손가락으로 잡아 펴야 겨우 목덜미의 흔적을 찾을 수 있을 정도로 살집이 좋았다. 양팔은 몸통에서 두 뼘 정도 떨어진 채 매달려 있었는데 여자가 걸을 때마다 앞뒤로 힘차게 움직였고 가슴 바로 밑에서부터 급한 경사를 이루며 부푼 배 역시 몹시 출렁거렸다. 여자는 홍조를 띤 얼굴로 밭은 숨을 몰아쉬며, 자신이 지나온 길로 시큼한 냄새를 길게 늘어뜨리며 걸었다. 삭힌 홍어에서 나는 냄새였다.

굴드는 여자를 향해 몸을 돌렸다. 뒤룩거리는 엉덩이와, 정말로 코끼리 다리만한 다리가 눈에 들어왔다. 굵은 종아리는 그보다 두 배 정도는 더 돼 보이는 허벅지 때문에 서로 멀찌감치 떨어져 있어야 했는데, 멀찌감치 떨어진 채로 무게감 있게 땅을 박차고 있었다. 굴드는 홀린 듯 두 개의 종아리를 번갈아 쳐다보며 여자를 뒤따라 걸었다. 자연스럽게 굴드의 시선이 여자의 뒷모습을 훑었다. 거대한 엉덩이가 굵은 허벅지를 짓눌러 선명한 경계를 만들고 있었고 옆구리 살은 흘러내린 용암이 굳기 시작한 것처럼 시옷 자 형태를 그리고 있었다. 어깨는 그리 넓지 않았는데 그래서인지 어깨와 팔에 들러붙은 살 때문에 상반신이 잔뜩 들려 있는 것처럼 보였다. 그런데도 여자는 뒤뚱거린다기보다는 아장거린다는 말이 어울리게 걸었다. 그 모든 무게를 지탱하며 아장거리는, 경쾌한 걸음이 놀라웠다. 무엇보다 모든 게 선명했다. 겨드랑이에서부터 옆구리를 향해, 뒷목에서부터 등 한복판을 향해 세모꼴로 젖어 있는 티셔츠도 마찬가지였다. 여자가 건널목 앞에서 속력을 내기 시작했다. 여자를 이루고 있는 모든 것들이 열정적으로 출렁였다. 이 세상에 존재하는 모든 의성어와 의태어가 여자에게 속한 것 같았다. 여자는 점점 더 선명해지면서 초록불이 빨간불로 바뀌기 전에 건널목을 건너는 데 성공했다. 여자는 존재감으로 충만했다.

굴드는 여자가 흰 선을 밟으며 건널목 저편으로 사라지는 모습을 넋 놓고 바라보았다. 여자의 발이 닿는 곳마다 흰 선이 밝게 도드라졌다. 불이 켜지는 것처럼 탁, 탁. 한 인간의 삶에서 느닷없이 펼쳐지는 우연의 순간들. 존재하는 줄도 몰랐던 선명한 여름. 기이한 아름다움. 발작과도 같은 감동. 굴드는 여자가 사라지고도 한참 동안이나 건널목 이편에 서서 여자가 사라진 곳을 바라보았다. 아주 오래 공들여 쓴 문장을 잃어버린 것처럼 텅 빈 느낌이었다. 공기는 희박해졌고 햇빛은 다시 불투명해졌다. 굴드는 구름에 가린 해를 상상했다. 비유가 필요한가. 해는 거기 있고 구름 또한 거기 있을 뿐이다.

뭘 그렇게 보세요? 그때 좀머가 굴드와 어깨를 나란히 한 채 굴드가 바라보는 쪽을 바라보며 말을 걸었다. 신호를 기다리고 있잖습니까. 건너지는 않고요? 신호가 몇 번이나 바뀌었는데. 나를 지켜보고 있었던 겁니까? 스토커예요? 하하, 설마요. 뭐 재미난 거라도 있나 해서요. 굴드는 좀머에게 갔던 시선을 거둬 건널목 저쪽을 다시 한번 바라보고는 강변 쪽으로 방향을 틀었다. 집에서부터 강변까지 이어진 길을 걷다보면 마음이 푸근해졌다. 주택가가 들어선 곳에서 뜬금없이 만나게 되는 한정식집이나 상가가 늘어선 곳에 돌연히 펼쳐진 공터나 세련된 건물 사이에서 문득 발견하게 되는 오래된 이발소 같은 것들이 굴드의 눈길을 끌었다. 말하자면 무질서함이 굴드의 마음을 사로잡았는데 이것은 어떤 광기에 사로잡힌 무질서함과는 달랐다. 굴드는 누군가를 만나기 위해 강남 한복판을 서성거렸던 날을 떠올리고는 이마를 찌푸렸다. 건물과 건물이 다닥다닥 달라붙어 어떤 건물이 어떤 건물인지 분간하기도 어려웠을뿐더러 건물마다 성형외과 간판이 두서너 개씩은 달려 있었다. 뱅뱅 도는 거리, 뱅뱅 도는 건물, 뱅뱅 도는 사람들. 굴드는 그날 결국 노상에 속엣것들을 잔뜩 토해야 했는데 그렇게 많은 건물 중 열려 있는 화장실은 하나도 없었기 때문이다.

작업실이 이 근처에 있나요? 좀머가 물었다. 왜 따라오는 겁니까? 할 일이 없어서 할 일을 만들고 있는데요. 날 따라오는 게 할 일입니까? 강으로 가실 건가요? 굴드의 질문에는 아랑곳하지 않고 좀머가 다시 물었다. 작업실 겸 집이 이 근처에 있습니다. 굴드 역시 좀머의 질문은 아랑곳없이 대답을 하고는 맥락 없는 대화에 통쾌함을 느꼈다. 그러나 그것도 잠시였고 곧이어 무엇인가가 잔뜩 어긋나 있다는 느낌이 찾아들었다. 부딪치면 부딪칠수록 거품만 일으켰다. 모든 게 그랬다. 굴드의 아버지가 굴드에게 한 말 중 쓸모 있다고 할 만한 것은 뜨거운 사람이 지는 법이라는 말뿐이었다. 정작 아버지와 함께 살 때는 그 말의 쓸모에 대해서 몰랐으나 아버지와 떨어져 다른 사람들과 맺는 관계가 늘어날수록 아버지의 말은 위력을 발휘했다. 연애를 할 때도 일을 할 때도 특히 다른 누군가와 다툴 때 뜨거움은 상대가 아니라 자신을 불태우고 백기를 들 새도 없이 링에서 쫓겨나게 만들었다. 굴드는 다시 링으로 기어오르는 대신 자신을 차갑게 만드는 일에 열중했으나 그것은 다음의 연애나 일이나 다툼에 대비하기 위해서가 아니라 연애나 일이나 다툼을 하지 않기 위해서였다. 굴드에게 그것은 싸우지 않고도 싸우는 일이었고 싸우지 않고도 싸움에서 승리하는 일이었다. 부딪치면 부딪칠수록 거품만 일으키니까. 그런데 지금 굴드는 무엇인가가 잘게 부서져서 거품이 이는 모습을 바라보고 있었다.

굴드와 좀머는 강에 다다랐다. 낮이라 인적이 드물었는데 간혹 티셔츠와 핫팬츠 차림의 여자들이 산책로를 따라 달렸고 누군가가 풀어놓은 개들이 어슬렁거리다가 놀란 듯 제 꼬리 쪽으로 몸을 휘며 겅중 뛰어오르기도 했다. 그럴 때마다 공기가 진동하며 희미함

을 몰아냈으나 희미함은 어느 틈엔가 다시 몰려와 장막을 쳤다. 굴
드는 한껏 느려터진 걸음으로 경사진 시멘트길이 강물까지 그대
로 이어져 있는 곳으로 걸어가 그곳에 엉덩이를 붙이고 앉았다. 지
면에 가로줄이 깊게 패어 있어 발뒤꿈치를 고이기에 십상이었다.
굴드는 무릎에 턱을 괸 채로 눈을 치떠 강물을 바라보았다. 강물
이 출렁이며 시멘트길을 쓸고 갈 때마다 어지럼증이 일었다. 굴드
는 고개를 들고 눈을 꾸욱 감았다 뜬 후 주위를 둘러보았다. 좀머
가 예의 그 통통거리는 걸음으로 잔디를 가로질러 자신이 있는 방
향으로 걸어오고 있었다. 굴드는 고개를 원위치시키고는 줄곧 강
물에 시선을 주고 있었던 것처럼 시치미를 뗐다. 한참 후 좀머가
굴드 옆에 앉으며 캔커피를 내밀었다. 주지도 받지도 말자는 주의
인 줄 알았는데 말입니다. 굴드가 캔을 받아들며 말했다. 원 플러
스 원 행사를 하고 있어서요. 요즘은 제값 주고 사면 억울한 기분
이 들어요. 무슨 행사가 그렇게 많은지. 그럴 바엔 가격을 내리는
게 낫지 않을까 싶기도 하고. 좀머가 캔의 꼭지를 따며 혼잣말처럼
중얼거렸다. 굴드도 캔의 꼭지를 따며 머리를 끄덕였다.

두 사람은 미지근한 캔커피를 마시며 강물이 시멘트로 기어올랐
다가 미끄러지는 모습을 말없이 바라보았다. 하루종일 술을 마시
다보면 술잔 위로 해가 비쳐들고 어둠이 스며들고 하루가 지나고
이틀이 지나고 그러다보면 또 얼마의 시간이 흘렀는지 종잡을 수
없게 됩니다. 굴드가 빈 캔을 강물에 던지며 말했다. 그러다보면

손목에 맺히는 피를 보는 날도 있지요. 핏방울이 떠다니는 손목을 바라보며 잠으로 빠져들기도 하고요. 좀머의 말에 굴드의 어깨가 흠칫거렸다. 제힘으로 버스비 한 번 벌어본 적이 없는 좀머가, 그림자가 방의 표면을 이지러뜨리고 울퉁불퉁하게 만드는 시간에 찾아오는 고독 따위는 한 번도 느껴본 적이 없을 것만 같은 좀머가, 이 세상에 듣기 싫은 주파수들이 얼마나 많은지 한 번도 생각해본 적이 없을 것만 같은 좀머가. 좀머는 혹 아귀가 맞지 않은 채 시간은 헛돌고 그 시간에 종종 발이 빠져 허우적거린다는 것을, 온몸이 무너져내리면서 죽어간다는 것을 알고 있는 것은 아닐까. 그래서 시간에 굴복하지 않기 위해, 그러니까 불완전한, 신뢰할 수 없는 시간에 항복하지 않기 위해 시간에서 벗어나 더이상 앞으로 나아가지 않겠다고, 여기에서 멈추겠다고 다짐했던 것은 아닐까. 혹시 좀머는 자신의 주머니 속에 담긴 것이 고독밖에 없으며 자신의 손이 움켜쥘 것도 고독뿐이라는 것을 알고 있었던 것은 아닐까. 갑자기 굴드의 눈시울이 뜨거워졌다. 굴드는 뜨거워지지 않기 위해 헛기침을 했고 좀머의 말은 계속됐다. 가끔 책을 읽는데 시는 물론이고 소설도 무슨 말인지 알아들을 수 없는 경우가 있더라고요. 그런 일이 반복되면 이해하기 위해서가 아니라 이해하지 않기 위해서 독서를 하는 듯한 착각에 빠져요. 사람들도 알기 위해서가 아니라 모르기 위해서 만나는 것 같고. 이해하는 것도 아는 것도 두렵게 느껴져요. 굴드의 눈이 다시 뜨거워졌다. 알 수 없는 말이 많으면

많을수록 더 좋은 훌륭한 책이 됩니다. 굴드는 또다시, 뜨거워지지 않기 위해 헛소리를 했다. 우리는 최대한 두려운 것들을 피해 달아납니다. 그것이 삶의 가장 큰 명제이지요. 굴드는 이제 자신이 어떤 말을 하는지도 모르는 채 아무 말이나 내뱉었다. 사소한, 어쩌면 말 같지도 않은 말이 둘 사이에, 최소한 굴드에게만이라도, 연대를 만들었다는 것을 굴드는 인정하지 않을 수 없었다. 우울하다는 고백에 운동과 햇빛 처방을 내리는 사람들과는 절대 맺을 수 없는 연대였다. 굴드는 자신의 손이 좀머의 어깨에 오래도록 머물게 하고 싶었으나 애써 외면하고 강 쪽으로 다시 시선을 던졌다. 때마침 트럼프 한 장이 물살에 밀려 올라왔다.

트럼프는 위아래가 뒤집힌 채로, 그러니까 위쪽이 굴드와 좀머를 향한 채로 떠밀려왔는데 언뜻 보니 왕관을 쓴 자가 전차를 타고 있는 모습 같았다. 굴드는 카드에서 시선이 달아나는 일이 없도록 최대한 카드에 집중했다. 거꾸로인 카드를 똑바로 보려니 그림이 제대로 읽히지 않았다. 굴드는 머리를 외로 꼬아 되도록이면 카드와 수평을 맞추려고 노력하며 카드를 살폈다. 왕관을 쓴 자는 한 손에 지팡이를 들고 전차에 타고 있었는데 전차를 모는 두 마리의 스핑크스 모두 앉아 있는 것으로 보아 출발 전이거나 도착 후인 것 같았다. 그러니까 왕관을 쓴 자가 현재 전차를 몰고 있는 것은 아니었다. 인상적인 것은 왕관을 쓴 자의 갑옷이었는데 양쪽 어깨에 초승달이 각각 매달려 있고 그 안에 사람 얼굴이 얹혀 있다는 사실이었다. 마치 왕관을 쓴 자가 노예의 얼굴을 도려내 승리의 표식으로 삼았거나 반대로 얼굴만 있는 어떤 존재의 지배를 받는 것처럼 보였다. 어쨌거나 물살이 카드를 밀었다가 잡아당기고는 해서 마치 그 전차가 전진과 후진을 반복하며 굴드와 좀머를 희롱하는 것처럼 느껴졌다.

거꾸로 놓여서 아쉽네요. 좀머가 말했다. 카드 말입니까? 굴드가 물었다. 네, 정위치였다면 저 카드가 의미하는 것은 승리와 성공이거든요. 그림이 바로 놓였는지 거꾸로 놓였는지에 따라 의미가 바뀝니까? 네. 그럼 거꾸로 보이는 저 카드의 의미는 뭡니까? 의지의 부족으로 균형이 깨지는 것을 의미한다죠, 아마? 전차를 모는 자의 의지나 지배력이 중요하다는 말이겠군요. 굴드는 고개를 끄덕이는 한편으로 갸웃거리며 무엇인가를 골똘히 생각하다가 한참 만에 입을 열었다. 그런데 그건 좀 이상하지 않습니까? 뭐가요? 카드를 섞을 때 모두 한방향이 되도록 정리를 해두면 뽑는 사람은 한결같이 정위치거나 역위치인 그림의 카드를 갖게 될 게 아닙니까? 만약 카드를 섞는 사람이 어떤 의도에 따라 특정 카드만 반대 방향이 되도록 정리를 해두면 그 카드를 뽑는 사람은 카드를 섞는 사람의 의도대로 정위치거나 역위치인 그림을 뽑게 되고 말입니다. 그렇다면 그것은 카드를 뽑는 사람의 운명이 카드를 섞는 사람의 손에 달려 있다는 것 아닙니까? 그게 신의 이치 아닐까요? 굴드로서는 도저히 이해할 수 없는, 그래서 매우 궁금한 일에 대해 좀머는 대수롭지 않게 대답했다. 그리고 되물었다. 점성술이란 게 원래 신비주의와 맞닿아 있지 않나요? 별의 운행을 통해 기상을 관측하는 것은 과학적이라 할 수 있지만 그것이 인간의 이야기로 내려오게 되면 어쩔 수 없이 신비가 개입하게 되지 않나 말이에요. 기원전 17세기경부터 별과 신을 동일시하게 되었다는 것을 어디에선가 읽은 기억도 나는데요. 좀머가 말했다. 그렇다면 점성술사들이 신의 대리인 역할을 하고 있다는 말입니까? 굴드가 좀머를 쳐다보며 물었다. 굴드는 자신이 좀머와 이런 이야기를 나누는 것이 쓸모 있는 일이라고는 생각하지 않았다. 그런데 머릿속으로 어떤 의문이, 지속적으로 차올랐다. 인간이 인간의 운명을 점치고 좌우하고 그것에 개입한다는 것, 그것이 과연 온당한 것인가. 비록 맹목적인 것이 아니라 할지라도 어떤 꺼림칙함과 믿음을 심어놓는다는 것은 인간의 자율성을 꺾으려는 의지 아닌가. 왜 꺾는가. 비관도 낙관도 자유의지에 의해서가 아니라 신의 설정에 의한 것이라는 게, 그것이 가능한 세계라는 게 어떻게 성립할 수 있다는 말인가. 여러 가지 질문 끝에 굴드는 그것이 바로 신의 역할, 신의 의도라는 데에 생각이 미쳤다. 저는 점성술을 믿지 않아요. 재미로 본다면 모를까. 좀머의 유쾌한 결론에 굴드의 시선이 좀머를 향했다. 희미함 속에서 좀머만이 선명해져갔다.

불빛

좀머와 헤어진 후 굴드는 한동안 눈을 감고 도로 한복판에 서 있었다. 아스팔트는 복사열로 지글거렸고 햇빛은 뜨거웠다. 땀샘으로 물기가 차올랐다. 그런데 머릿속으로는 시원한 바람 한줄기가 지나가는 듯했다. 사라졌다고 생각했던 문장들이 뇌세포 어디인가에 눌어붙어 있다가 바람을 타고 날아올랐다.

서울의 바람은 태평양을 넘어온다. 샛바람 혹은 마파람, 각각 동풍과 남풍을 이르는 말이다. 북쪽의 바람, 그러니까 북풍은 높바람이라 부르고 서쪽의 그것은 하늬바람이라 부른다. 동서남북의 방위에 근거한 무뚝뚝한 지칭과 비교해보면 우리말 바람 이름은 예쁘고 애틋하다. 발음할 때 입모양도 또르르 굴러가고, 바람은 또 동음어로 바람wish이기도 하고, 정처 없는 사람을 이르기도 하며……

꿈틀거리는 안개도 떠올랐다. 커다란 물줄기를 둘러싼 거대한 산맥들과 산맥들 사이에서 서서히 속력을 높이며 쏟아져내리는 안개. 수문이 열린 후 터져나오는 물줄기처럼 안개가 물길을 타고 물길이 되어 점점 더 속력을 높이는 모습을. 물길을 타고 흘러와 물길을 뒤덮고 산맥을 휘감는 모습을. 폭풍의 눈처럼 저 먼 골짜기에 도사리고 있다가 물길을 산맥을 집어삼키는 안개를. 거침없이. 물위의 안개. 서서히 서서히 물위에 축조되는 안개우림. 우리를 이곳에 없는 문밖으로. 우리는 발뒤꿈치를 잡히지 않기 위해 전력을 다해. 빛으로. 빛으로.

빛과 함께 몰리의 미소도 떠올랐다. 볼을 밀어 올리며 상대방을 껴안는 미소. 낮이 가고 밤이 올 때까지 비쳐드는 미소. 그런 미소라면 두려움도 나눌 수 있지 않을까. 나이가 들면 모든 것들에 익숙해지고 무덤덤해지지만 두려움만은 그렇지 않았다. 실패나 배신이나 상처 같은 것들에 대한 두려움. 껴안게 될 환부도 진절머리도 두렵고 불화와 불쾌도 두려웠다. 두려워서 아무것도 하지 못하고 아무것도 하지 못해서 더욱 두려워지는. 그런 미소라면, 몰리라면, 두려움도 나눌 수 있지 않을까. 최소한 함께 두려워할 수는 있지 않을까.

몰리의 미소 뒤로 실없이 웃고 있는 사내도 떠올랐고 통통거리는 좀머도 떠올랐다. 거칠고 투박한 사내. 잊고 있었던 무엇인가를 눈앞에 데려다놓는 사내. 자신을 흔들어 깨워서 알지 못하는 곳으로 그러나 익숙한 곳으로 데려가는 사내. 그리고 좀머. 납득하기 어려운 삶을 아무렇지도 않게 이어가는 좀머. 누구에게도 어느 곳에도 고정되지 않은 채 자기 마음에 온 힘을 쏟아붓는 좀머. 타인의 신이 아니라 자신의 신을 돌보는 좀머.

굴드는 이 모든 것들을 떠올리며 자신이 차마 가져서는 안 되는 것들을 너무 많이 갖고 있는 것은 아닐까 생각했다. 아니, 너무 많이 갖고 있는데도 아무것도 갖고 있지 않다고 생각했던 것은 아닐까 생각했다.

굴드는 갑자기 눈을 떴다. 그러고는 머리를 몇 차례 턴 후 자세를 취했다. 달릴 자세. 자신을 어디엔가로 보낼 자세. 엄숙하고 장엄한 세계로 이끌 자세. 헛소리는 집어치워. 징징거리지도 마. 굴드는 달렸다. 땀으로 흥건해질 때까지. 땀이 식어 서늘해질 때까지. 굴드는 달렸다. 휘장이 걷히고 하나의 완결된, 상쾌한 질서가 굴드에게 달려들었다.

칼

너 나랑 같이 살래? 집시여자가 다가와 몰리에게 물었다. 쪽찐 흑발에 꽃무늬가 패치워크된 폭 넓은 치마 위로 흰 티셔츠를 받쳐 입은 여자였는데 많이 봐도 삼십대 중반을 넘겼을 것 같지 않았다. 몰리가 주위를 둘러보자 집시여자가 검지손가락으로 몰리를 가리켰다. 나랑 같이 살자고? 그래, 너랑 나랑. 세르비아에서 야간열차를 타고 마케도니아의 스코페에 막 도착한 참이었다. 나랑? 같이 살자고? 몰리가 다시 물었다. 응, 너처럼 커다란 청동검을 지닌 여자는 처음 봤어. 집시여자가 웃으며 말했다. 몰리는 트렁크를 쥔 손에 힘을 주었다. 집시들의 손버릇이 좋지 않다는 소리를 귀에 딱지가 앉도록 들었던 탓이다. 미안, 내겐 청동검이 없어. 집시여자가 웃음을 터뜨렸다. 나만 볼 수 있어. 현실엔 없어. 허리까지 꺾으며 한바탕 웃고 난 집시여자가 눈물이 그렁그렁한 채로 말했다. 아주 커. 네 몸집보다 더 커. 여자가 칼을 지닌 경우는 거의 없어. 너처럼 커다란 청동검을 지닌 여자는 처음 봐. 이건 뭐야, 마케도니아식 도를 아십니까야? 몰리가 미간을 찌푸리며 집시여자에게 말했다. 미안, 난 바빠. 알렉산더 동상 같은 건 봐도 재미없을걸? 집시여자가 어깨를 으쓱하며 말했다. 분명해. 재미없어. 대신 슈트카에 가자. 집시여자가 손을 내밀었다. 슈트카? 응, 집시 거주지. 그런 데가 따로 있어? 응, 인디언 보호구역 같은 거지. 가면, 유리구슬로 점도 쳐주고 그래? 너 영화를 너무 많이 봤구나? 집시여자가 또다시 허리를 꺾으며 웃었다.

청동검은 뭐야? 집시여자를 따라 버스에 탄 후 몰리가 물었다. 아까 얘기했잖아. 청동검이 뭐 어떻다는 거냐고. 넌 이미 알고 있어. 칼끝에 녹이 슬었다는 것도. 닦아야 해. 집시여자가 몰리의 얼굴을 바라보다가 창밖으로 시선을 옮기자 몰리도 창밖으로 고개를 돌렸다. 기와를 얹은 집들이 드문드문 지나갈 뿐 대체로 황량했다. 저런 지붕은 우리나라에 흔해. 요즘은 보기 힘들지만. 너 아까 내 질문에 대답 안 했어. 지붕 따위가 무슨 소용이냐는 투로 집시여자가 말했다. 무슨 질문? 너 나랑 같이 살래? 내 청동검을 닦아주고 싶어? 응. 점쟁이라도 만들 참이야? 이번에도 집시여자는 숨이 넘어갈 것처럼 웃었다.

창밖으로 기와를 얹은 집들이 드문드문 지나갔다. 같은 구간만 반복해서 돌아가는 비디오덱 같았다. 창에 이마를 대고 고만고만

한 풍경을 바라보던 몰리가 얼마 가지 않아 꾸벅꾸벅 졸기 시작했다. 버스가 기분좋게 흔들리며 몰리를 점점 더 깊은 잠으로 데려갔다. 다 왔어. 한참 후 집시여자가 몰리의 무릎을 두드리며 말했다. 몰리가 화들짝 놀라며 다리 쪽을 살폈다. 트렁크는 그 자리에 그대로 놓여 있었다. 집시여자가 몰리를 쳐다봤고 몰리는 어색한 미소를 지었다. 미안. 미안해할 것 없어. 그런 취급은 여기서 흔해. 그래도 몰리는 멋쩍은 듯 얼빠진 미소를 지었다.

버스에서 내려 얼마간 걷자 재래시장이 나타났다. 여기가 메인 스트릿이야. 시장 입구에는 판자때기에 붉은 종이를 붙여 만든 아치형 구조물이 서 있었는데 군데군데 종이가 벗겨지고 밧줄로 얽어놓아 매우 조악해 보였다. 저건 뭐야? 구조물 위에 설치되어 있는 장식물을 보고 몰리가 물었다. 우리가 타고 다니던 마차 바퀴. 집시의 상징물. 몰리는 구조물에 몸이 닿지 않게 조심하며 시장으로 들어섰다. 천막이나 베니어판을 잇대어 만든 가건물이 대부분이었는데 간혹 붉은 벽돌이나 시멘트로 지은, 제법 꼴을 갖춘 상가도 눈에 띄었다. 집시촌이라 해서 별다를 것은 없었다. 옷가게, 채소가게, 생선가게, 문구점, 잡화점. 진열된 물건들이 촌스럽고 남루해서 공간이 아니라 시간을 옮겨온 듯한 느낌을 준다는 것이 색다르다면 색다른 것의 전부였다. 집시여자는 정면만 주시하며 걸었다. 몰리는 황소처럼 단단하고 치타처럼 날렵한 집시여자의 걸음걸이에 감탄하며 그녀를 뒤따랐다.

일 킬로미터쯤 되는 시장 골목을 벗어나니 주택가가 펼쳐졌다. 집들이 근사해. 테라스가 딸린 이층집들을 바라보며 몰리가 말했다. 기다려. 실망하지 않을 거야. 몰리는 무엇에 실망하지 않아야 하는지 모르는 채로 지붕을 얹은 희고 붉은 집들과 담벼락을 기어오르는 풍성한 담쟁이에 시선을 빼앗겼다. 꽃을 파는 노파도, 사람 덩치만한 개도, 쨍한 초록색 자동차도, 검은 피부에 흰 이를 드러내며 웃는 아이도 낯설고 생경하게 느껴졌고 낯설고 생경한 만큼 쉽게 빨려들었다. 몰리는 어쩌면, 이런 곳에서 살고 싶었다. 한적하고 보기 좋게 낡아가고 조금쯤 기품 있고 그러면서도 매일 복용하는 약처럼 지루하고 권태로운 어떤 분위기를 풍기는 곳 말이다. 몰리는 떠나온 곳에서 떠난 곳을 생각했다. 그곳은 모든 게 지나치게 빼곡했다. 사람도 사람이 만든 풍경도 관념도 사실조차. 중간에 그만두면 모든 것이 속상할 그런 곳이었다. 몰리는 자욱한, 떠난 곳을 생각하며 집시여자를 뒤따라 걸었다. 그리고 얼마 후 집시여자의 말대로 실망하지 않았다.

그것은 역한 냄새로부터 왔다. 시궁창 냄새. 자신도 모르게 코를 틀어쥐게 만드는 냄새. 몰리는 코를 틀어쥐었고 인상을 썼다. 사방이 쓰레기 천지였다. 어느 곳에는 쌓여 있었고 어느 곳에는 흩어져 있었다. 잡초들 틈에, 길 한가운데, 집과 집 사이에. 집인가. 집일 것이었다. 나무와 함석을 대충 엮고 잇대어 그 위에 이불을 덮어씌운 천막들. 집시여자가 그중 하나의 천막으로 들어갔다. 몰리는 천막 앞에 엉거주춤 서 있다가 때에 전 이불을 걷고 발을 들였다. 밖에서 생각했던 것과 달리 내부는 비교적 정리정돈이 잘되어 있었다. 식기는 낡았으나 있어야 할 곳에 있을 것들이 놓여 있었고 이부자리도 깨끗해 보였다. 유리구슬은 없어? 유리심장은 있어. 몰리와 집시여자 모두 웃었다.

큰길 건너편에 까르푸가 있어. 우린 밤마다 옷을 빼입고 자동차를 타고 까르푸에 가는 꿈을 꿔. 꿈에서 깨어나면 바구니를 들고 까르푸에 가. 유통기한이 지난 음식을 얻으러. 큰길 건너편에 사는 사람들이랑 이층집에 사는 사람들은 꿈에서도 꿈에서 깨고 나서도 까르푸에 가. 옷을 빼입고 자동차를 타고. 유통기한이 지난 음식은 거들떠보지도 않아. 몰리는 다시 떠난 곳을 생각했다. 지나치게 빼곡하고 지나치게 다른 곳. 사람도 사람이 만든 풍경도 관념도 사실조차. 물길 하나를 사이에 두고 지나치게 다른 곳을 생각했다.

가족은 없어? 몰리가 화제를 바꾸었다. 알래스카에 돈 벌러 갔어. 또다른 딸은 칠천 유로에 팔았어. 딸을 팔았어? 응, 결혼할 나이가 됐으니까. 몇 살인데? 열다섯 살. 너무 어리잖아. 피를 흘리면 남자 받을 준비가 된 거야. 집시여자가 가스버너를 켜며 말했다. 차를 줄게. 마음이, 몸도 풀어질 거야. 고맙지만 난 됐어. 차를 거절하면 청동검이 화낼 거야. 집시여자는 이가 깨진 찻잔에 물을 붓고 마른잎 두어 장을 띄웠다. 시큼한 냄새가 찻잔에서 기어올라왔다. 무슨 차야? 낮잠. 응? 내가 만들었어. 마시면 낮잠에 빠져들 때처럼 나른해질 거야. 네 심장이 견고할수록 더 그럴 거야. 냄새로 봐선 별로 그럴 것 같지 않은데? 맛은 달라. 맛을 보고 나면 향도 다르게 느껴질걸? 감각이 감각을 속이기도 해. 대부분 그래. 집시여자는 말을 마친 뒤 두 손으로 찻잔을 천천히 들어올려 소리 나지 않게 한 모금 마신 뒤 다시 천천히 찻잔을 내려놓았다. 몰리도 집시여자를 따라 찻잔을 천천히 들어올리고 소리나지 않게 한 모금 마셨다. 쨍하고 날카롭고 그러면서도 어슴푸레한 맛이 입안으로 흘러넘쳤다. 사실 그것은 맛이라기보다는 어떤 기억 같았는데, 말하자면 사랑으로 인해 살거나 죽었던 어떤 날의, 짧은 순간에 죽은 과거를 모두 불러들인 것만 같은 혼란과 놀라움을 가져다주었다.

그럴 줄 알았어. 네가 다 외우고 있을 줄 알았어. 몰리를 바라보던 집시여자가 미소를 지으며 말했다. 네가 외우고 있는 것들이 너무 매력적이라 사람들이 너를 살해하고 싶어할 거야. 사람들이 너를 살해하지 못하게 청동검을 닦아. 넌 강해져야 해. 몰리의 발끝으로부터 슬픔이 차올랐다. 슬픔은 몰리의 발끝을 타고 올라 찻물에 발을 담근 뒤 목젖으로 넘어와 깊은 울음을 만들었다. 몰리는 흐느꼈다. 그리고 점차 세차게 울었다. 울음이, 태어나기 전부터 내내 있었던 몰리와 태어난 후부터 내내 없었던 몰리를 결속시키며 천막에 울려퍼졌다. 집시여자는 미소를 띠고 몰리의 울음이 나체를 드러낸 채 천막을 휩쓸고 압도하고 격정적으로 흔들고 호흡을 가다듬고 부드럽게 내려앉아 몰리를 포옹하는 모습을 지켜보았다. 몰리의 울음이 잦아들었다.

집시여자가 노래를 부르기 시작했다. 어딘지 처연하면서도 저항할 수 없을 정도로 감미로운 노래였다. 전생의 모든 기억들이 불려나와 황홀한 안식에 들어갔다. 세상을 온통 채울 수 없는 괄호로 만들었던, 까마득해 차마 가닿지 못했던 공중이 무릎으로 내려와 고른 숨을 내쉬었다. 서로에게 중독되어 바스러졌던 사랑이 몸을 드러냈고 육체 안에 갇혔던 영혼이, 영혼에 갇혔던 육체가 서로에게서 빠져나왔다. 우린 마차를 타고 왔어. 노래를 끝낸 집시여자가 노래하듯 말했다. 돌무더기를 헤치고 곰의 발바닥을 지나 신들의 무덤을 돌아 침묵의 성전을 굴러 전장을 가로질러 동굴의 시간을 빠져나와 비밀의 숲을 건너왔어. 우린 마차 위에서 노래를 불렀어. 고독과 혼란과 불안과 두려움을 두개골 속으로 가라앉히기 위해서 말이야. 노래를 할 때면 그 모든 것들이 허물처럼 떨어졌어. 기억 때문에 절룩거리지 않도록 노래를 불러야 했어. 기억에는 무릎관절 같은 옹이가 박혀 있었으니까. 우린 노래를 부르며 떠나고 떠나고 또 떠나고 도착하고 도착하고 또 도착했어. 약했으니까 계속 떠나야 했어. 우린 아주 약할 때 강했어. 강했으니까 계속 떠날 수 있었어. 이제 우린 떠나는 것을 멈췄어. 이제 우린 머물러. 딸을 팔기 위해 머물고 까르푸에서 유통기한이 지난 음식을 얻기 위해 머물러. 마차 바퀴는 이제 상징일 뿐이야. 노래도. 넌 약하니까 떠날 수

있을 거야. 청동검을 닦아. 그리고 명심해. 아주 약할 때 강해진다
는 걸. 그리고 또 집시여자는 말했다. 밥 먹고 갈래?

수면친구

수면친구가 있었으면 좋겠어요. 매일 잠들기 전 오 분씩 통화할 친구. 좀머가 외쳤다. 조금만 천천히 가지. 굴드가 밭은 숨소리를 내며 말했다. 쉬었다 갈까요? 좀머의 말이 끝나기도 전에 굴드는 자전거에서 내려 산책로 한쪽으로 자전거를 끌고 갔다. 좀머가 굴드 바로 앞에서 커브를 돌며 급브레이크를 밟았다. 조심해. 위험하잖아. 굴드가 좀머의 무릎을 치며 투덜거렸다. 땀 흘리고 담배 피우면 죽이는데. 땀도 흘려요? 좀머가 의외라는 듯 말했다. 사우나는 가니까. 굴드가 웃었다.

세상이 조금씩 선명해졌다. 여름이 끝나고 가을이 시작되고 있었다. 가을이 시작될 때마다 굴드는 꿀 수 있는 꿈이 더 많아지고 시야에서 벗어난 어떤 것들이 눈앞에 펼쳐질 것이라는 기대에 사로잡혔다. 자신의 육체와 영혼을 벌거벗길 누군가가 나타나리라는, 나체인 것이 전혀 문제되지 않고 부끄럽지도 않을 누군가가 나타나리라는 막연한 기대에 설렜다. 가차없는 희망 속에서 리드미컬하게 살 수 있으리라는 기대 같은 것들 말이다. 그러나 굴드는 그런 기대에 눈이 멀 정도로 어리석지 않았다. 매번 낮이 끝나고 밤이 다가온다는 점을, 최초의 기대는 언제나 최초의 기대로 남을 뿐이라는 점을 굴드는 알고 있었다.

여기서 담배 피우면 안 되겠지? 왜 안 되겠어요. 범칙금만 낸다면. 결국 돈이라는 거네. 모두 범법자로 만들어버리고는. 가난하다는 이유로 이깟 정부에 꼬박꼬박 세금을 바치는 것도 억울한데 결국 돌아오는 건 범법자 아니면 미개인 취급이라는 거지. 굴드가 굳은 표정으로 담뱃갑을 만지작거렸다. 당신의 이런 점이 좋아요. 모든 일에 진지한데 그게 뭔가 좀 병신스러운 거. 좀머가 굴드의 어깨에 팔을 두르며 킬킬댔다. 굴드는 놀림을 당한 것 같아 얼굴이 붉어졌지만 유쾌했다. 자신이 생각해도 자신에게는 뭔가 좀 병신스러운 구석이 있었다.

세금 바치는 게 아까우면 담배를 끊어요. 좀머가 굴드의 어깨에 두른 팔에 힘을 주며 말했다. 굴드의 어깨를 포함한 상반신이 좀머 쪽으로 기울었다. 굴복하기는 싫어. 그게 왜 굴복이에요? 건강하기를 바란다잖아. 의도는 그게 아니잖아요. 그래도 표면적으로는 개들의 논리에 이끌려가는 것 같잖아. 참 내, 안을 들여다봐야죠. 겉도 중요해. 그게 그들의 의도라니까요. 겉이든 안이든 개들한테

끌려가기는 싫다니까? 그게 결국은 그들이 원하는 거라니까요? 담배를 끊으면, 거봐 우리 말이 맞지? 이럴 거라구. 그래도 속은 타겠죠. 그건 우리 생각이지. 그걸 어떻게 확인하겠어. 엑스레이라도 찍어? 확인하는 게 중요해요? 그럼 중요하지. 그리고 이건 어차피 질 수밖에 없는 싸움이야. 함정이라구. 그들이 실속 못 챙기게 하는 게 더 중요하지 않겠어요? 뻐기는 꼴도 보기 싫어. 그럼 계속 피워요. 호구 노릇 하면서? 하하, 미치겠네. 그럼 어쩌고 싶은 건데요? 일단 어디 가서 담배 좀 피우자. 담배를 안 피우니까 머리가 안 돌아가. 굴드는 싱글거리며 자전거를 끌고 산책로를 벗어났다.

굴드는 너울거리는 담배연기를 감동적인 눈빛으로 바라보았다. 이제 좀 살 것 같네. 담배를 끊으면 자전거 위에서 사정을 할 수도 있어요. 내 말을 믿어요. 좀머가 두 팔을 접어 전속력으로 바퀴 굴리는 시늉을 하며 말했다. 사정한 후에 피우는 담배맛이 또 죽이지. 어유, 말을 말아야지. 하긴 당신이 자전거를 타는 것만도 기적이라고 봐요. 그렇지, 맞아. 참, 저 여행 가요. 한 일주일 정도? 바다에 갈 건데 혹 모르죠. 산티아고 영감이 잡은 것보다 더 큰 돛새치를 잡게 될지도요. 바닷속에서 크아앙 크아앙 웃음소리가 들려올지도 몰라요. 낚시 가는 건가? 그럴 수도 있고요. 경비는 어떻게 마련하려고? 부모라는 주머니 안에서 매달 꼬박꼬박 오만원권 지폐 열 장이 나오거든요. 나름 풍족해요. 부모님한테 돈 타 쓰는 게 민망하지는 않아? 저는 안 태어나려고 버텼거든요. 그런 절 억지로 끄집어낸 건 부모님이라구요. 좀머가 넉살 좋게 말했다. 너는 나무에 밧줄을 걸고 움이 트길 기다리는 사람 같아 보여. 그런데 이상하게 네가 사는 세상에서는 밧줄에서도 움이 틀 수 있을 것 같단 말이지. 죽은 범선을 걸머메고 바다로 뛰어들 것 같기도 하고. 굴드는 말했고 또 생각했다. 이해하고자 한다는 것은 우리가 잃어버린 어떤 것을 다시 붙들고자 하는 시도라고 했던 페터 회의 말에 기대자면 좀머야말로 이 세계를 가장 깊이 이해하기 위해 최선을 다하는 사람일지도 모르겠다고 말이다.

그런데 수면친구는 또 뭐야? 굴드가 정색을 하고 물었다. 말 그대론데. 잠들기 전에 오 분씩만 통화할 친구가 있었으면 좋겠어요. 그러니까 그게 왜 필요하냐 그 말이야. 외롭잖아요. 담배연기가 공중으로 흩어지는 모습을 좇던 굴드가 좀머에게로 고개를 돌렸고 좀머는 굴드의 시선에는 아랑곳하지 않고 무릎을 구부렸다 펴는 동작을 반복했다.

굴드는 불현듯 자신이 느꼈던 그 많은 밤의 혼란들이 외로움 때문일지도 모르겠다고 생각했다. 그러니까 비가 퍼붓던 밤, 어둠이 박꽃처럼 피어나던 밤, 가슴에 물혹이 자라나던 밤, 신경증이 도지던 밤, 시에 맛이 들려 끙끙 앓던 밤, 문장이 삶의 질서를 엉망으로 만들던 밤, 검은 더께가 목을 짓누르던 밤, 그런 밤들이면 굴드도 누군가에게 전화를 걸고 싶었다. 화를 내고 울고 조롱하고 떼를 쓰고 싶었다. 그저 가만히 숨소리를 듣거나 들려주어도 좋을 것 같았다. 내 영혼에는 당신이 있어야 할 것 같다는 말을 하고 싶었던 것인지도 모르겠다. 잠들 때까지만 그렇게 있고 싶었다. 그것이 외로움 때문이었을까. 악몽을 꾸는 것도 잠결에 발기를 하는 것도 외로움 때문이었을까. 외로움이 들풀처럼 펄럭여서 그토록 몸에 힘을 주어야 했던 것일까. 외로움을 인정하지 않아서 그토록 외로웠던 것일까. 그래서 담쟁이는 끊임없이 무엇인가를 타고 오르고 새들은 서로 날개를 부비고 물고기들은 동시에 뛰어오르는 것일까. 외로움은 지속하는 게 좋아. 잠시라도 쉬면 맛있는 거 해주고 달아난 엄마 기다리는 기분이 드니까. 굴드가 담배를 비벼끄며 말했다.

코케인

굴드는 다시 문장을 써내려가기 시작했다. 아마도 기다림에 관한 이야기가 될 것이었다. 누구인가를, 무엇인가를 기다리는 사람에 관한 이야기. 낚싯대를 드리운 채 졸고 있는 노인이거나 복권을 긁는 부랑아거나 버스를 떠나보내고 정류장에 서 있는 청년이거나 불 꺼진 창을 바라보는 남자거나 지구가 기우뚱하는 순간을 포착하려는 천체학자거나 아름다운 익사체가 떠오르기를 기다리는 여인이거나 무엇을 기다리는지 찾기 위해 밤을 지새우는 누군가에 관한 이야기 말이다. 펼쳐질 책이어도 좋고 꽃눈을 들여다보는 가지여도 좋고 새장 안에 갇힌 카나리아에 대한 이야기여도 좋을 것이다.

굴드는 다시 문장을 써내려가기 시작했다. 첫 문장은 두번째 문장으로 이어졌고 두번째 문장은 세번째 문장으로 이어졌다. 굴드는 허공과 대결하면서 문장을 이어나갔고 문장을 엮으면서 좀머를 만나 자전거를 탔다. 자신이 준 옷을 입고 히죽히죽 웃으며 어디에 선가 나타났다가 어디로인가 사라지는 사내를 만나기도 했다. 사내는 여전히 굴드를 낯선 곳으로 데려갔다.

굴드가 버니니를 다섯 병째 마시고 있을 때 몰리가 금발의 여자와 함께 나타났다. 몰리는 견갑골을 덮을 정도로 자라난 머리카락에 주황색 염색을 하고 있었는데 굴드에게는 그 모습이 낯설게 여겨지지 않는 반면 그 모습을 낯설게 여기지 않는 자신의 모습은 낯설게 여겨졌다. 안녕하세요, 몰리가 인사했고 금발의 여자가 가볍게 손을 들어올렸다. 몰리가 주인장과 굴드 사이에, 금발의 여자가 몰리 맞은편 의자에 막 앉았을 때 이안이 들어섰다. 이안은 격식 있는 자리에 다녀오기라도 한 듯 검정색 슈트를 맵시 있게 차려 입고는 냉장고에서 벡스다크를 꺼내들고 주인장 맞은편에 자리를 잡았다. 다들 오랜만이군요. 굴드, 소설은 잘돼갑니까? 이안이 목소리를 높여 물었다. 뭐, 그럭저럭. 잘돼야 할 텐데 말입니다. 데뷔한지도 꽤 되지 않았습니까? 굴드는 입꼬리를 말아올리며 억지로 웃어 보였다. 그나저나 몰리, 남자친구는 잘 있습니까? 어떤 남자 말인가요? 이안이 물었고 몰리가 되물었다. 남자인 친구 말고 남자친구 말입니다. 글쎄 누굴 말씀하시는 건지…… 몰리가 말꼬리를 흐렸다. 같이 자는 사람일 수도 있고 밥을 먹는 사람일 수도 있고 그 둘을 다 하는 사람일 수도 있지요. 아무래도 저는 모르는 사람인 것 같은데요. 굴드는 몰리와 이안이 주고받는 말을 들으며 키스를 한 사람은 남자친구에 속할까 속하지 않을까를 생각했다. 속할 수도 있고 속하지 않을 수도 있겠지. 그래도 우발적인 키스는 제외해야겠지? 제외해야 하나?

몰리와 이안은 계속해서 쓸데라고는 없는 말들을 주고받았고 금발의 여자는 주인장에게 열심히 교태를 부렸다. 그리고 주인장은 그에 대한 답례로 여자의 교태에 조금씩 넘어가는 중이었다. 굴드는 버니니를 들고는 창가 쪽 테이블로 자리를 옮겼다. 이팝나무 가지 하나가 창 안으로 밀려들어와 차양을 만들고 있었다. 연녹색의 작은 열매가 조록조록 매달려 가지가 휘어지려 했다. 좀 있으면 포도송이 같아지겠군. 저 열매가 어디에 좋다더라. 중풍이랬나. 굴드가 가지 끝을 툭 치고는 그 밑에 자리를 잡고 앉았다. 그러고는 버니니를 한 모금 들이켜 입속에서 한 바퀴 굴린 다음 되도록 천천히 삼킬 수 있도록 주의를 기울였다. 뭐, 저는 기다리는 중이니까요. 돌연 자신이 자리를 옮기기 위해 막 일어섰을 때 몰리가 했던 말이 떠올랐다. 기다리는 중이라. 무엇을 아니면 누구를. 굴드는 생각했다. 기다리는 순간에 느끼는 설렘이나 불안의 감정이 더 자극적일까 기다림이 종지부를 찍은 후 느끼는 그것이 더 격렬할까. 경우의 수라면 확신과 의혹이겠으나 기다림은 그것이 담백한 것이든 지나치게 표현된 것이든 간에 두려움과 혐오 안에 존재한다. 굴드의 기다림은 두려움에 가까웠다. 첫 문장이 두번째 문장을 기다리는 여백 사이에서, 달력의 숫자와 숫자 사이에서, 마음이 마음을 벗고 마음을 받아들이려는 다짐에서 굴드는 두려움을 느꼈다. 혐오가 아예 없는 것도 아니었다. 모든 문장을 완성한 후 닥칠 욕망, 어쩌면 문장 자체가 지니고 있을지도 모를 욕망이 혐오스러웠고 사랑은 별이 쏟아져서 나의 온 우주가 되는 것이라고 생각하면서도 그 우주가 결국 어둡고 망망하고 고적한 것에 불과하리라는 냉소 또한 지니고 있는 자신이 혐오스러웠다.

앉아도 되나요? 굴드가 기다림에 관해 생각하고 있을 때 몰리가 대답 같은 것을 바라지는 않았다는 듯이 굴드가 대답도 하기 전에 테이블 맞은편에 툭, 하고 앉았다. 굴드는 몰리를 흘끗 바라보고 나서 버니니를 한 모금 마시고 담배를 한 모금 피우고 창밖에 시선을 주는 일을 반복했다. 몰리는 의자에 깊숙이 앉아 그런 굴드의 모습을 주시했다. 뭘 그렇게 보는 겁니까? 굴드는 담배 하나를 피우고 또 하나를 다 피운 뒤 억지로 쥐어짜낸 듯한 목소리로 물었다. 당신이 창밖으로 뛰어내리지 못하게요. 몰리가 대답했다.

굴드는 한동안 손마디를 꺾어 툭, 툭 끊어지는 소리를 내다가 말했다. 기다립니까? 네? 기다린다면서요. 기다려요. 무엇을 아니면 누구를 말입니까? 무엇이라도 아니면 누구라도. 굴드가 몰리의 입술을 바라보며 다시 말했다. 앞으로의 시간이 지금까지의 시간과는 다를 수도 있습니다. 그럴 수도 있어요. 아직도 기다립니까? 네,

아직도요. 무엇을 아니면 누구를 말입니까? 무엇인가와 누구인가를요. 기다림이 끝나기를 기다리는 중일지도 몰라요. 어떤 것을 더 기다립니까? 어떤 것을 더 기다리는지 그 답을 기다리는 것일 수도 있고요. 어떤, 이유를 기다리는 것일지도 모르죠. 그런데 저 지금 질문이 아니라 답을 하고 있네요.

침묵이 흘렀다. 몰리가 창밖으로 고개를 돌리고 있는 굴드를 물끄러미 바라봤다. 쌍꺼풀도 없이 눈이 제법 컸고 콧날과 콧방울 모두 날렵했다. 눈썹은 짙고 숱도 많았는데 중간 부분이 사선을 그으며 끊어져 있었고 희한하게도 입술 역시 붉었으나 윗입술 가장자리가 탈색을 한 것처럼 희미했다. 자연스럽게 컬이 된 머리카락이 날카로운 턱선을 살짝 가리고 있어서 그나마 얼굴에 온기를 불어넣는 것 같았다. 몰리는 한참 동안이나 굴드를 쳐다보았다. 처음 본 사람처럼 낯설고 그러나 일생을 통틀어 알고 있었던 것처럼 익숙했다. 몰리는 굴드에게서 시선을 떼지 않은 채로 말했다.

우리, 큰길 건너편에 있는 까르푸에 갈래요?

우연의 경전

황현산(불문학자, 문학평론가)

1

　브르통은 『초현실주의 선언』에서 초현실주의자인 자신과 자기 친구들이 함께 모여 사는 어떤 성城을 꿈꾼다. 그 입주자들이 무엇을 먹고 무엇을 입고 살아갈지에 대한 염려 같은 것은 없다. 초현실주의는 상상력이 마침내 현실을 이긴다는 상상력 원칙을 믿기 때문이다. 진연주의 소설 『코케인』에서 카페 '코케인'에 모인 사람들을 초현실주의 성의 주민들과 동일시하기는 어렵다. 그들은 어떤 주의주장도 신봉하지 않으며, 따라서 그들 서로 간에 사상적 유대감 같은 것이 없으며, 그들 전체를 한데 묶는 우정 같은 것도 없다. 그러나 코케인의 단골들도 그들의 경제적 상황이나 처지를 배려하고 염려하는 것이 오히려 그들을 모욕하는 것이나 다름없다는

점에서는 저 초현실주의 성의 주민들과 다를 바가 없다. 그들에게
는 현실이 없고 때로는 그들 자신이 존재하지 않는 것처럼 보인다.

그들은 심지어 어느 나라 사람인지조차 명백하게 알려지지 않
는다. 그들이 몸담은 주거의 형태로 보아서, 또는, 단 두 번뿐이지
만 그들이 사용하는 화폐의 단위로 보아서 그들의 국적과 생활 무
대를 겨우 짐작할 수 있다. 물론 주인공 굴드가 한국의 가난한 소
설가인 것을 모를 독자는 없다. 그는 빛도 들어오지 않는 지하방에
살고 있다. 그러나 그가 가난에 옥죄어 있다는 서술은 소설 어디에
도 없다. 그가 현실에서 장애를 만나는 일도 드물다. 그가 소설의
첫 대목에서 "난쟁이 똥자루만한" 사내에게 잠시 핍박을 받는 것
은 사실이지만, 그 사내는 호령 한 번에 맥없이 물러가고 만다. 현
실의 알레고리이기도 할 사내의 요청보다는 상상력의 권력이 더
크기 때문이기도 할 것이며, 사내라는 현실 자체가 이미 상상력에
의해 여과되거나 변형되어 있기 때문이기도 할 것이다. 현실이 굴
드를 물리적으로 위협하기는 어려운 것처럼 보인다. 그에게는 육
체가 없는 것처럼 보이기 때문이다. 작가는 그가 식사하는 장면을
우리에게 보여주지 않는다. 그는 독자가 '그는 언제 밥을 먹지?' 같
은 질문을 제기하거나 염두에 둘 여유를 남겨놓지 않는다. 굴드가
자주 버니니를 마시는 것은 사실이다. 그러나 탄산가스가 들어 있
는 이 술은 공기이자 액체이며 정기(보들레르는 알코올을 술의 정기
라고 불렀다)이기도 해서 음식이 갖춰야 할 물질적 성격을 최소한

으로만 지니며, 그래서 오히려 반물질적이라고까지 말할 수 있다.

　그는 코케인에 모이는 다른 사람들과 마찬가지로 느끼고 생각하며, 그 느낌과 생각은 논리적으로도 감성적으로도 늘 새로운 형식을 뽑내고 늘 새로운 표현법을 누린다. 진부한 것은 없다. 그러나 소설을 다 읽고 나서 그 느낌과 생각을 일부나마 기억하는 독자는 매우 드물 것이다. 그것들 역시 휘발하는 액체이자 정기와 같다. 그 느낌들과 생각들은 늘 하나의 단위로 제시되며, 대체적으로 두 글자 내지 세 글자의 추상명사로 요약된다. 이 추상명사들은 때로는 정신의 어떤 발전 단계를 드러내고, 때로는 주인공의 운명에 어떤 전환점 같은 것이 된다(그러나 운명이라고 부를 것이 있는가). 그것들은 소설에서 수족의 관절과 같고 몸체의 등뼈와 같고, 때로는 어떤 장기와 같다. 그래서 그것들에 관해 말하다보면 어떤 해부학에 이를 법한데, 사실은 다르다. 그것들은 피부 아래 있는 어떤 조직이나 내장처럼 드러나는 것이 아니라, 손바닥처럼, 머리칼처럼, 얼굴처럼, 우리를 바라보는 눈동자처럼 제시되기 때문이다. 그것들은 모두, 거기에 이르는 과정조차, 자동차의 계기판과 같은, 컴퓨터의 화면과 같은, 통신 장비의 단말기와 같은, 창구에서 당신을 맞는 은행원의 얼굴과 같은, 인터페이스의 형식을 지닌다. 다른 말로 바꾸자면 거기에서는 삶의 일상성이, 결과적으로 그 구질구질함이 철저하게 배제되어 있다. 그것은 마치 어떤 의지에 의해 정리된 자연과 같고, 한 단계 더 진화한 인간의 본성과 같고, 문화인류

학적인 어떤 이상과 같다.

소설 속의 수많은 소제목들이 암시하는 바이기도 하지만, 굴드와 그의 정신적 누이인 몰리의 삶은 면이나 선이 아니라 점으로만 구성된 것처럼 보이기도 한다. 하나의 소제목이 감당하는 서술과 다른 소제목이 감당하는 서술 사이에 시간의 인과성이 확연하게 드러나지 않을 뿐만 아니라 사실 그럴 필요조차도 없다는 뜻이다. 작은 성찰들과 작은 사건들은 여기저기서 얼굴을 내밀며, 새벽녘 거미줄에 맺힌 이슬처럼 서로 떨어져서 반짝인다. 그것들 사이에는 어떤 조응관계가 있겠지만, 그것들이 서로 관계를 맺을 수 있는 동력은 그 고립에서 나온 것처럼 보인다. 그 예시로는 무엇보다도 시간과 공간의 격차를 두고 몰리가 엮어내는 세 가지 모험을 들어야 한다.

어느 날 몰리는 산사에 딸린 객사에 있다. 거기서 한 남자를 만난다. 그들이 나눈 대화는 특별한 것도 심각한 것도 아니지만, 남자가 술과 약이 없이는 잠들지 못하는 사람이라는 것이 그 대화를 통해 밝혀진다. 어느 오후에 남자는 여자의 방에 와서 그녀의 손을 잡고 잠이 들고, 그렇게 하룻밤을 보낸다. 그길로 떠난 남자는 문자를 보낸다. 절에 다녀온 후로 이상하게 술과 약을 하지 않고도 잠을 잘 수 있게 되었다는 것, 그것은 몰리 덕분인 것 같은데 그 이유는 모르겠다는 것, 이것이 그 내용이다. 몰리는 파헤치지 말아야 할 어떤 우연이 시간 속에 있다는 깨달음 비슷한 것과 자신이 "어쩐지 일생을 통틀어, 있는 힘을 다해 열심히, 남자를 사랑한 것 같은 느낌"을 얻는다.

어느 날 밤 몰리는 숲속에서 길을 잃는다. 차를 몰고 헤매다가 어떤 별세계에 들어온 것 같은 황홀감에 사로잡혀, 흰 드레스를 입고 박하향을 피우고 횃불을 들고 원을 그리며 춤을 추는 남자들을 만나는데 "죽음의 세계로 들어가기 위한 제의처럼 느껴졌다". 이튿날 아침에 그녀는 "한갓진 시골길에서 깨어났다". 평범한 농촌인데, 주변 산들이 흰빛으로 너울거리고 있다. 줄기가 하얀 자작나무들이 그 산에 가득 들어서 있었던 것이다. 몰리는 자신이 왜 길을 잃었는가를 물으며, 자신이 비정한 세계 속에 살고 있다고 생각한다.

마지막 모험은 동유럽에서 벌어진다. 집시여자가 몰리에게 다가와 "너 나랑 같이 살래?"라고 묻는다. 세르비아에서 야간열차를 타고 마케도니아의 스코페에 막 도착한 참이었다. 집시여자는 몰리에게 '청동검을 지닌 여자'라며, 그 칼끝에 슨 녹을 닦아야 한다고 말한다. 그녀는 집시여자의 누추한 집에서 차를 마신다. "쨍하고 날카롭고 그러면서도 어슴푸레한 맛이 입안으로 흘러넘쳤다." 소설가는 이 맛에 관해 더 길게 쓴다. 그 맛은 사랑으로 인해 죽음과 삶이 교차된 어떤 시간의 기억과 같은 것이었기 때문이다. 몰리는 울었고 집시여자는 노래를 불렀으며 "아주 약할 때 강해진다"고 마침내 말한다.

이 세 개의 모험, 이 세 개의 에피소드는 『코케인』에 교양소설의 면모를 부여한다. 몰리는 이 각각의 모험이 끝날 때마다 자신이 다른 인간이 된 것처럼 느낀다. 그러나 사랑과 죽음, 그리고 어떤 방식의 포기를 통한 자기 성숙의 알레고리가 한 사람의 생애에서 어떤 역사성을 갖기는 어렵다. 그것들은 한 청춘의 발전 단계이기보다는 차라리 단절처럼 보이고, 동시에 일어나서 동시에 해결되어 버릴 어떤 사고처럼 보인다. 한편으로는, 전체 소설의 도정을 네 토막으로 가르며 적절한 자리에 배치된 이들 모험은 굴드의 어떤 시도들, 어느 정도는 발작적 성격을 지니는 행위 단위들과 어울려 일종의 울혈을 형성한다. 그것은 사막의 오아시스와 같고 외로운 섬들에 박힌 등대와 같다고 말하고 싶지만, 사막의 낙타길이나 바다의 항로 같은 것은 없다. 그것들은 연결되지 않는다. 그러나 서로 연결된 것들만 관계를 갖는 것은 아니다. 특별히 강한 에너지를 누리는 이 점들은 엇비슷하게 반복되는 작은 사건들을 주위에 거느리며 그 오롯한 빛으로 하나의 성좌를 형성한다.

소설은 진행성의 선형구조를 지니지 않는다. 점으로 또는 별로 환원된 사건들은 또다른 점들과 또다른 별들을 멀고 가까운 자리에 솟아오르게 한다. 이들 점은 모여서 선이 되고 면이 되는가. 점은 그렇게 조밀하게 놓여 있지 않으며, 서로가 열지어 설 수 있는 접착성도 없다. 그들 점에게, 또는 그들 별에게, 어떤 '자리'의 구실을 해주는 것은 소설가의 문제다. 『코케인』의 문제는 처음부터

끝까지 투명하고 명료하지만, 거기에 어떤 이름을 붙여 규정짓기
는 어렵다. 그것은 사물을 묘사하는 문체도, 사건의 우여곡절을 서
술하는 문체도, 현상을 이론화하는 논리적 문체도 아니다. 그것은
수필에서 쓰는 것 같은 자유로운 문체가 아니며, 시어의 서정성으
로 설명하기도 어렵다. 다시 말해서 소설가는 묘사에도 서술에도
기울지 않으며, 논리적이거나 서정적인 것에 기대려 하지 않는다.
소설가는 어디로 가려 하지 않는다. 있는 그 자리에 서서 힘을 빼
고 침착하게 말한다. 진연주는 묘사에 역점을 두지 않기에 묘사에
실패하지 않으며, 흥취 높은 서술을 욕망하지 않기에 서술에 실패
하지 않는다. 논리적인 것은 그의 목표가 아니기에 논리에 실패한
다고 말할 수 없으며, 서정성을 노리지 않았기에 서정의 약점을 말
할 수 없다. 이 문체는 주인공들의 태도와 같다. 문체의 특성도 주
인공들의 태도도 노동에 대한 의지에서 지극히 멀리 떨어져 있다.
주인공들이 노동을 배척하는 것처럼 소설가의 문장도 노동하지 않
는다. 이 소설에서 유일하게 노동의 가치를 주장하는 인물 페터가
가장 존재감 없는 인물인 것은 우연이 아니다. 실용적인 것이 되지
않으려는, 그래서 '느껴지지 않는' 소설가의 문체가 무위無爲의 주
인공들을 공기와 햇빛처럼 감싸서 그들 하나하나를 댄디로 만든
다. 그들에게는 자연을 넘어서는 어떤 무기질의 강인함이 있다.

2

그러나 이 소설은 현실의 무거운 짐을 벗어버린 건달들의 행장기인가. 물론 그렇지 않다. 그들이 현실의 짐을 벗어버린 것이 아니라 어쩌면 그들 자체가 현실이라고 해야 할지 모른다. 소설의 첫머리에서 사내의 모습을 지녔던 '현실'은 호령 한 번에 물러갔지만, 그렇게 호락호락한 것은 현실이 아니다. 물러간 현실은 무슨 분신술이라도 하는 것처럼 수많은 작은 깃털이 되어 대기를 가득 채우고 그들을 찾아온다. 버니니를 마시는 이 건달들은 사실 3포 시대 비정규직 세대의 알레고리와 다른 것이 아니기 때문이다. 일하지 않음이 의지이기 이전에 운명인 정황을 소설가는 간결하게 이렇게 적는다. "선미의 반쯤이 모래에 파묻혀 침몰한 채로 여전히 침몰하며. 모래가 거대한 집게발을 펼쳐 범선을 거머쥔 채 서서히 잡아당기면 범선은 자신의 의지가 아니라 모래의 의지인 것처럼 모른 척하고 모래 속으로 몸을 밀어넣었다. 안간힘을 쓰며 빠져나오려던 시도는 포기하고 빠져들어가는 것이 제 삶인 줄 착각하면서 침몰했다."

소설가에게서건 등장인물의 의식 속에서건 의지와 운명의 고의적 혼동은 그 자체가 현실의 막중함에 대한 표현이다. 소설 속 인물 가운데 가장 명랑하고 씩씩한 면모를 지녔다고 해야 할 좀머는 노동의 가치에 대해 페터와 토론을 벌이던 끝에 이렇게 말한다. "아무튼 저는요, 미래를 잘살기 위해 현재의 시간을 쪼개고 할 애하고 단축한다는 것 자체가 지독하게 품위 없는 짓처럼 여겨져 요." 품위 없음은 현실 그 자체의 작동 방식이다. 현실이 선택을 강요하기 전에 스스로 행하는 선택을 포기라고 불러야 한다면, 좀 머의 '품위'는 그 포기와 다른 것이 아니다. 좀머의 씩씩함과 명랑 함이 이 솔직한 포기에서 온다면, 소설가가 부각시키려 하는 굴드 의 품위는 어디서 올까. 그 품위는 물론 작중 소설가로서 그의 글 쓰기와 그것을 위한 온갖 노력에서 온다. 그가 지향하는 글쓰기는 이런 것이다. "물고기 비늘 같다는 표현도, 설탕 알갱이 같다는 표 현도, 반딧불이가 반짝인다거나 물에 별이 빠져 있다는 표현도 이 미 누군가가 써먹었다는 것, 그래서 그 무엇으로도 새로울 게 없 고 모든 것은 표절에 불과하다는 것. 그러한 좌절감이 굴드를 사로 잡았던 것이다. 그럴 때마다 굴드는 사물이 굴드 자신의 몸속으로 들어와 사물 자신의 생각을 하고, 굴드 자신은 사물의 사유를 그 대로 옮겨적는 필경사이기를, 그러니까 자신의 몸은 사물의 의식 을 대신하는 창고이기를 간절히 바랐다." 이것은 작중인물 굴드의 생각이지만, 또한 진연주 그 자신이 품고 있는 글쓰기의 이상이기 도 할 것이다. 사물이 감관을 통해 육체에 사무칠 때, 그 관능의 힘 에 의지하여 인간의 지각과 물질적 현실이 하나가 되어 만들어지 는 사념과 그 표현에 대한 야망은 예술적 감수성 그 자체라고 말할 수 있다. 그러나 이 소설에서 중요한 것은 그 표현의 수동성이다.

그 표현은 가장 빈약한 자원으로 획득될 수 있다. 다시 말해서 작가의 육체적 노고로 얻을 수 있다. 감각의 제일선인 작가의 육체가 저 사물 앞에 발가벗고 서 있기만 하면 된다. 그러나 육체는 강철로 된 기계가 아니다. 사물이 육체에 사무칠 때의 그 불안과 흥분과 초조감은 육체를 노동보다 더한 고통 속에 몰아넣기도 한다. 전통적인 정의의 방식에 따라 제 육체밖에는 가진 것이 없는 인간을 프롤레타리아라고 부를 때, 사물이 제 육체에 들어와 생각하기를 바라는 예술가야말로 가장 지독한 프롤레타리아라고 말해야 한다. 이 점에서 저 소설가 굴드의 행적은 이 시대 비정규직 세대의 자화상이 된다.

그의 품위는 한 비정규직 노동자의 품위이다. 그가 예술가라는 이름의 특별한 노동자로 자주 성공했다는 것은 그가 얻어냈던 사념들이 '여자'로, 그 언어적 실현이 '연애'로 표현된다는 것으로 알 수 있다. 그는 자주 육체로 사물을 안아 들였고, 그 사물이 그의 육체 속에서 말을 한 것이다.

『코케인』은 자주 우연에 관해 말한다. 우연은 발생 확률이 지극히 낮은 현실일 뿐이지 비현실이 아니다. 우연한 일은 자연과 인간사 속의 한계적 현실이며 확장된 가능성이다. 우연의 제비뽑기에서 시간은 무한하게 펼쳐진 확률 공간이며, 예술가의 작업은 그 가능성에 대한 확률과정을 형상화하는 일이다. "내 등에 당신의 가슴이 밀착된 순간 모든 한숨이 멎었다. 그리고 나를 휘감은 당신의 두 팔 안으로 우주가 성큼 걸어들어왔다." 굴드는 이 두 문장을 써놓고 다음 문장을 잇지 못한다. 이 문장은 극단적인 우연인 기적의 표현이고, 기적은 기적인 만큼 고립되어 일어나기 때문이다. 그것은 소설가 진연주와 작중 소설가 굴드가 "창밖"이라는 말로 표현하려는 것과 같다. 창밖은 바로 내가 서 있는 창문 밖에 있지만 그것은 벌써 무한한 확률 공간이다. "창밖은…… 창밖은요, 악몽이에요." 굴드는 몰리와 처음 키스를 했을 때 이렇게 말했다. 창밖은 무한한 가능성의 공간이면서 동시에 타자의 공간이기 때문일 것이다. 모든 것이 가능하지만 사실상 어느 것도 불가능한 것이 이 시대를 사는 인간들의 운명이기도 하다. 그러나 가능성 자리에 표석은 세워두어야 하기에 예술이 아직도 존속한다. 한때 한 번의 호령으로 쫓아 보냈던 현실-사내가 다시 나타나는 것도 이 깨달음 다음의 일이다. 사내는 굴드에게서 푼돈을 뜯으며 그를 도깨비시장으로 안내한다. 굴드는 거기서 놋쇠 요강을 산다. 시간과 함께 가치를 잃어버린 이 옛날의 물건은 그러나 제비뽑기의 공간인 현실의 두께를 그만큼 늘여줄 것이다. 저 프랑스의 제빵사가 긴 세월 동안 빵 반죽의 일부를 남겨 다음번 반죽에 섞어넣기를 오래 반복하여 시간의 끈을 붙들고 있는 것처럼.

늘 자살과 영원한 잠의 유혹이 어른거리는, 죽음과 삶의 아슬아슬한 경계에서 굴드와 몰리가 내내 실천하는 일은 시간에서 그 울혈을 발견하기이며 그 울혈이 되기이다. 내가 앞에서 고립된 에피

소드들이라고 말했던 것도 실은 무한할 만큼 원대한 시선 아래서는 그 연결선이 파악될 것이며, 그들 두 사람의 울혈 만들기 또한 그 원대한 시선에 대한 계시를 전제로 할 것이다. 굴드에게서는, 어떤 목소리를 들으며 유리문에 부딪혀 상처를 입는 일도, 자연의 생명력 그 자체인 것 같은 어떤 뚱뚱한 여자를 따라가는 것도, 시간이 파편의 현실을 또다른 현실로 엮어, 상상할 수도 없는 가능성을 생산해내는 자리인 것을 믿으려는 노력과 같다.

그래서 소설의 마지막 화두는 기다림이다. 기다림은 당연히 희망을 자양으로 삼지만, 그것이 곧 낙관주의로 환원되지는 않는다. 기다린다는 것은 시간 속에 가능성의 울혈이 있다는 확신과 함께 기다리는 것이지만, 그보다는 더 크게 그 울혈의 자리에 결코 이르지 못하리라는, 또는 울혈은 벌써 등뒤로 사라져버렸을 것이라는 불안과 함께 기다리는 것이기 때문이다. 소설을 그 기다림의 가장 효과적인, 그러나 혐오스러운 방법으로 삼을 수 있었다는 것은 소설가 진연주의 승리다.

문학동네 장편소설
코케인
ⓒ 진연주 2015

초판인쇄 2015년 10월 28일
초판발행 2015년 11월 6일

지은이 진연주
펴낸이 염현숙
책임편집 김내리 | 편집 정은진 이성근 황예인
디자인 김현우 유현아 | 마케팅 정민호 나해진 이동엽 김철민
홍보 김희숙 김상만 한수진 이천희
제작 강신은 김동욱 임현식 | 제작처 영신사

펴낸곳 (주)문학동네
출판등록 1993년 10월 22일 제406-2003-000045호
주소 10881 경기도 파주시 회동길 210
전자우편 editor@munhak.com | 대표전화 031) 955-8888 | 팩스 031) 955-8855
문의전화 031) 955-3576(마케팅) 031) 955-8864(편집)
문학동네카페 http://cafe.naver.com/mhdn | 트위터 @munhakdongne

ISBN 978-89-546-3807-4 03810

www.munhak.com